U0043878

月光下的魚

敷米漿 著

【二版序】

我認識一個孩子。

男孩，不是非常起眼但是很執著。總是拎著一個球棒想把眼前所有的球打到球場外頭去，愈遠愈好，發出的聲響總是希望比別人更清脆，更撼動人心。

他的朋友說：「因爲你的球棒比較好。」

一些路人則這麼認爲：「看你把球打出去，眞是愉快！」

其他人會說：「何必要堅持揮棒呢？」

男孩打過幾場好球，當然也曾經失敗過。

曾經有一回，我親眼看著男孩猛力揮棒，卻怎麼也碰不到球。事後男孩哭著，我只是看著，像個徹頭徹尾的旁觀者。

男孩總喜歡回頭看自己揮棒的動作。

是不是角度不對呢？還是大家不喜歡看我揮棒了呢？

答案永遠都在男孩心裡縈繞著，始終不曾離開。

問題也是。

有一天，男孩揮棒之後，不管有沒有碰到球，也不管揮棒的動作好看與否。那一天，男孩知道自己已經不再像從前一樣快樂地揮棒，痛快地流汗了。

我也因此好久、好久沒看見那個男孩。

　我幾乎要忘了男孩執著固執的眼神。

　忘了他揮棒出去之後滿足的眼神，揮棒落空失望的淚水，檢討自己時惆悵的眼神，以及得到答案之後痛快地喘氣。

　幾乎就要忘記了。

　這一天。

　直到這一天，男孩長大了，換了一支球棒。

　他不再像以前一樣，爲了打擊出去而快樂。

　也不像那個時候一樣，因爲揮棒落空而苦惱。

　我在球場外看著那個長大的男孩。

　「是換了球棒的緣故嗎？」

　我喃喃自語問著，卻也明白這沒有答案。

　但我看見了。男孩執著的眼前，固執的表情還是一樣。

　這一次揮棒結束之後，我忍不住走上前去問他。

　「你變了。」我說。

　『變得如何呢？』男孩笑著。

　「變得……好像沒有變一樣。」

　『是啊。』

　我陪著他走出球場。

　我好奇他消失的時間去了哪裡，卻沒有開口詢問。

　覷準了時機，我借了他手中的球棒來看一看。上頭還是一樣傷痕累累。

　「新的球棒，不錯。」我點頭。

　『不是新的，原本那一支。』

　「喔？」我好奇。「我以爲你換了新棒子呢。」

男孩笑著，大口喝水，豪邁地擦掉臉上的汗水。

『我不會爲了打不好而難過了。』

『只要可以拿著球棒的一天，我都會很開心。』

『不管打擊出去，還是揮棒落空。』

『我一定會一直拿著球棒，永遠。』

我哈哈大笑，男孩說著這話兒的時候，好像說著什麼偉大的理想一樣。這樣的話聽起來眞讓人覺得熱血沸騰。

『你喜歡看我揮棒嗎？』男孩離去之前，歪著頭問我。

「有時候喜歡，有時候不喜歡。」

『這樣啊，眞抱歉。』男孩聳肩，『不過更抱歉的是，我會一直揮棒下去，直到我的棒子打斷了。』

「那時候才放棄嗎？」

『不。』男孩棒球棒扛在肩上，豪邁地看著遠方。

『換一根新的棒子，繼續打下去。』

我待在原地看著男孩離開的背影。

然後，故事就這樣繼續說下去了。

當然，還是謝謝你們。

如果你喜歡看男孩揮棒，謝謝你。

如果你不喜歡，我還是謝謝你。

因爲，男孩會用力揮出每一個球。

直到打到你的心裡。

楔子

尾生與女子期於梁下，女子不來，
水至不去，抱梁柱而死。

《莊子·盜跖篇》

是的，我想我也應該抱梁柱而死。

對我來說，大水已經來了不知道多少次，而我也抱著梁柱閉上眼睛等待著。為了遵守約定，我沒有離開，也沒有掉眼淚。

一直到大水退去。

大水第一次退去在一九九三年夏天，那一年我穿著水藍色高中制服上衣。可惜那次之後，大水再也不曾離去。

我就這麼活在水裡。

時間很有效地沖淡了很多，只是慢慢發現，時間這波海浪退去之後，在沙灘留下來的記憶，只會愈來愈明顯而已。

而我花了太多時間搬移自己。從一個地方搬到另外一個，從一個時候的我搬移到下一個我。花了好長好長一段時間，我甚至不知道哪一個時空的我，才是理所當然的自己。

就這樣，好幾個夜晚我都會從夢中驚醒，即便在寒冷的冬夜，我都會汗溼枕邊。而我懷疑，那其實不是我的汗水，而是我剛從海裡回來的證明。

果然不出我所料，大水總會像這個樣子來的。

上個禮拜的其中一天，我決定向公司請假。做了這個決定之後，我拔下電腦插頭，藏在床底最深最深的地方。

我沒收拾任何行李，甚至也不確定帶了皮夾沒有。

我要回到海裡。

因為我是魚。

我是魚。

第一章

我很好奇,像我們這樣快步往未來奔馳的人,
會發出怎麼樣的聲音呢?
是『噹啷噹啷』,還是『乒乒乓乓』?
是一群人像美式足球選手大聲吶喊著前進,
還是像馬拉松選手一個人的喘氣聲?

我知道，即使是魚，也不一定非得在海裡頭游泳。海馬也不會在路上跑，不是嗎？

但，時間像海裡的潮，流動無聲無息，卻把我們緩慢推向另外一個黑洞。黑洞裡頭應該很冷，因為看不見太陽。

這讓我想起小時候，媽媽總會在小塑膠袋裡頭裝了綠豆湯，放進冰箱的冷凍庫。那個夏天，就在冰涼的自製綠豆冰的幸福裡度過。

因為夏天總是這樣赤著腳走過來，所以偶爾我都會懷念起那有如黑洞般冰涼的綠豆冰。

長了這麼大，卻很久沒再嚐過那種滋味。都怪我長大得太快，太多小時候的東西，來不及留在身邊，一下子就溜走了。

我認識Apple，也是在夏天。

那是小學一年級，我六歲時候的事了。這二十幾年來，Apple始終留在我的腦海裡頭，那個穿著百摺裙，頭上紮著小辮子的女孩。有時候她會變成十六歲的模樣，色彩鮮豔的髮帶綁著俐落的馬尾，還是會手扠著腰指著我生悶氣。

那個夏天應該很熱，可惜我已經忘了當天確實的溫度。

從小到大，我一直自豪自己記憶力的優異，就好比豬自豪自己的食量一樣。雖然把自己比喻成豬，對豬很不好意思，但事實就是如此。可惜我再怎麼像豬，我還是忘了那個夏天的炎熱，究竟讓我流了多少汗。大概就跟現在的天氣一樣吧！

差不多就是這樣，讓人等待冰箱裡的綠豆冰的天氣。

綠豆冰融化了沒有？我回到了那個夏天沒有？

那個夏天的午後，應該像今天一樣，下起了雷雨。往太陽照射的另外一邊看去，應該也會看見彩虹。可惜都沒有。一直到太陽下山，黑夜來臨。

雨持續下著。

從一九九三年之後，這個晚上是我第一次這麼思念Apple。那年的大水退去之後，我再也沒這麼思念過她。

這一切都要從Blog上的那篇文章開始。或者應該說，一切都從那篇文章畫下句號。

我習慣在自己的Blog上寫下一些心情，包含一些瑣事。上班遲到被老闆扣了薪水，路上踩到了狗屎，買飲料忘了拿吸管，下班路上被狗追，落荒而逃之餘連鞋子都掉了一只。

如果你都不要長大，而那時候我早點長大就好了。

Apple

這篇留言，出現在我其中一篇文章的回應當中。事隔太久，我甚至忘了當時為什麼寫下那篇文章，而那也不是最新發表的文章。如果我沒有無聊到差點去清點自己腿上的腳毛數，我想我也不會發現這則回應。

Apple出現在螢幕上的時候，我的視力好像突然惡化了不少，眼前有些模糊。如果我不要長大，那麼現在會是什麼模樣？

我想不起來，那個時候的我到底是什麼樣子。比現在瘦了多少？會不會還對著鏡子傻笑？

記憶力雖然好，有些東西卻怎麼樣都回不來。

不知道這個留言的Apple跟我所認識的Apple有什麼關係，為什麼又會留下這樣的詞句。

我回頭仔細看了看這篇文章，從頭到尾。

小學的路隊長還呼吼著要我跟上隊伍，頭上戴著黃色可愛的學生帽閃著淚光。路邊賣豬血糕的阿伯多年後的今天，已經變了模樣，我

們齊步往前走，總有那麼一兩個無賴的傢伙，脫隊了，再也找不到回家的方向。

隔壁班的阿德跌倒了，手肘下巴污泥滿是。小丸子拉著小玉在土地公廟前偷笑，我看見，同班的小志踹了阿德的屁股一下，小玉笑哈哈。

頭上的黃色可愛學生帽依舊閃著淚光，我怎麼知道好久以後，我看不到豬血糕阿伯的叫賣，花生粉也已經不再飛揚。

忘了那個學期是誰當路隊長，只記得班上總有幾個男孩，喜歡自稱四大天王。

齊步，走！

我們都要跟著隊伍一起邁步，走過熟悉的土地公廟前，還會偷瞄一眼地上的菸頭，腳踏車輪上，五彩繽紛的小顆圓珠子多麼漂亮。

那個時候，我怎麼知道，今天之後會是個雨天。

過了今天之後，路隊長也管不著我們，即使我想買個豬血糕給阿德，小玉跟小丸子是不是已經沒有那樣燦爛的笑臉。

下雨了。

原來，走過土地公廟前，就注定了明天會是個雨天。

文章的 Title 是『我怎麼知道過了今天之後會是個雨天』。

我發表的日期在二○○六年三月十三號。距離一九九三年，已經十三年。十三似乎代表著不吉利的數字。

十三年以來，這恐怕是我最接近 Apple 的一次。不管這個留言的人，究竟是不是我所認識的那一個 Apple。

因為這個留言，我決定請假，重新整理自己。回到海邊去。

Apple，如果那時候的妳早點長大，現在的我們會是怎樣？

妳可以告訴我嗎？在那一場大水來臨之前，妳會不會給我最後一

個，沒有再見的告別？

　　一九九三年的三月十三日，是我的生日，雙魚座。我選擇在星期五晚上啓程。

　　走到了售票口，我總算鬆了一口氣。台北車站有如迷宮，一個不小心就要在裡頭迷了路。而最重要的，還不許露出慌張的神色。這是台北這個城市給予我們的保護，也是一種隔閡。

　　不露出慌張的神色，才可以在大城市生存。

　　『到花蓮。』我說。

　　售票小姐看也沒看我，手啪噠啪噠地打著電腦：

　　「趕回家過節？」她說。

　　我笑著點點頭，立刻驚覺售票小姐並沒有抬頭看著我，趕忙回了一句『是的』。

　　「這麼晚了，應該很想家喔？」她笑著，「只剩下莒光號。」

　　『謝謝。』我掏出錢，謝天謝地皮夾有帶著。

　　「旅途不安。」

　　整個過程當中，售票小姐並沒有看我一眼。也許因爲我們隔著一道玻璃窗戶，也許我們這輩子只會見這麼一次面。總之，她並沒有看我一眼。

　　這讓我想到了洋蔥理論。

　　切洋蔥的時候，該怎麼讓自己不會因爲洋蔥的辛辣刺鼻而掉眼淚？別看著它就行了。所以我想，很多可以切洋蔥不看著洋蔥的媽媽們，大概在訓練這個絕招的過程，手指頭也斷了不少根。這大概是洋蔥理論帶給我們新的收穫吧！

　　在月台上等了許久，來來回回不知道幾班車經過。我只能假裝看著手錶，或隨意檢查到底帶了什麼行頭，看看褲子是否破了個洞。

週五晚上的車站特別擁擠，哪怕已經入夜，還是有人匆忙著趕往自己的列車。一直到人潮都要散去了，我才等到橘色車身的莒光號。

洋蔥會不會就是這個顏色呢？我沒下過廚房，只對洋蔥有這個粗淺的印象。

上車之前我低頭確認了手上的車票。到達時間，三點四十八分。

我幾乎像逃命一樣衝上車，因為月台上的氣味幾乎讓我窒息。

雖然月台還是『呼呼』地放著過冷的冷氣，但人來人往的味道，加上火車排放的廢氣，前幾班車的某一個學生吃的水煎包，通通留在空氣中。更重要的，我還想逃離這個『寂寞』的味道。這真是最惱人的氣味。

車上其實空蕩，我緩步走向自己的座位，發現一位上了年紀的婆婆坐在我的位置上，雙手緊抱著藍綠條紋的手提袋，瞪大了眼睛，兩手的食指以及拇指不停搓揉著。

我很快往座位旁邊的鏡子看去，確認老婆婆也出現在鏡子裡頭之後，我再次鬆了一口氣。這樣的夜晚，火車上還是不要放映靈異故事的好。

我大概花了一柱香的時間猶豫，最後我選擇走出車廂，在車廂與車廂中間的乘客上下車處蹲下。當然我可以隨便坐在其他的位置上，畢竟車廂空蕩，短時間內大概也很難湧進大量乘客。

但是我拒絕了這種想法。我的位置可以留給其他任何人占據，但我了解被占據位置的痛苦，所以我不允許自己做出這種事情。哪怕這位置上其實一個人也沒有。

很多年前，我曾經有一個位置。我以為自己買了那座位的票，等到上了車之後，才發現那個位置上有別人。而我一直以為，那個位置應該是我的。

我蹲了下來，看著車外的風景。只有一片漆黑，大概還沒出台北，還在地底下行駛。我想閉上眼睛感受從地底下往地上前進的感覺，但是火車轟隆轟隆的，我無法清楚地感覺。

過了不知道多久，我睜開眼睛。列車已經離開台北，車外的光線沒有想像中的五光十色。我從背包中拿出筆記本，拿出筆正準備寫下些東西的時候，第一個停靠站，松山到了。

我抬起頭，車門在我眼前『匡』的一聲打開，一個打扮入時的上班族女孩上了車，用眼角瞥了我一眼，快速往車廂走去。

女孩，妳該慶幸我不是洋蔥，否則妳可要流眼淚了。

我在筆記本上胡亂寫著，因為車子晃動，有些字甚至歪扭潦草得讓我都想嘲笑自己。如果我小學時候的書法老師看了這樣的字跡，會不會很感嘆自己的學生這麼不成材？

我維持蹲著的姿勢，一直到列車過了瑞芳，時間也將近要凌晨一點了。我走回車廂去，坐在我位置上的老婆婆指頭還是不停搓揉著，瞪大眼睛對著我看，我對她笑了笑，轉身想走回去。

「年輕人，」老婆婆說，「年輕人！」

我轉回頭去，指著自己。

「對，叫你呢。」

我往老婆婆的位置走去：『有什麼事嗎？』

「你知道還有多久會到礁溪嗎？」

『嘶……』我摸摸下巴，『這個我不知道，大概還要一下吧。』

「到了礁溪，你可以跟我講嗎？」婆婆的手指停下了搓揉的動作。

『沒問題。』我說，『現在剛過瑞芳沒多久。』

「謝謝你，年紀大了……」她說著說著，嘆了口氣。

我點了個頭，準備往回走，婆婆又叫住了我。

「年輕人，你坐在哪個車廂？」

婆婆的手抓住了藍綠條紋的手提包。

『我？』

「對呀，我想跟你坐一起，比較保險。」

我笑了笑：『我沒位置坐。』

「怎麼沒位置？這裡都沒人坐啊！」她嗓門突然大了起來。

『對，可是我……』我嚇了一跳，一時之間不知從何解釋。

「沒關係啦，像我也沒買有位置的票啊。唉……」她又嘆了一口氣。「來啦，坐阿婆旁邊，阿婆年紀大了……」

我不知道該怎麼拒絕，只好將背包放在座位上方的架子，抓著椅子的把手。

『沒關係，我站著就好。』我說，『站著就好。』

阿婆不置可否，維持抱著手提包的姿勢。

這個時候，如果阿婆是詐騙集團的話，我想我大概已經是上鉤的肥羊了吧。

我一邊隨著列車搖搖晃晃，一邊聽著阿婆跟我說的事。她告訴我，為了省錢，她特地拜託售票員賣給她無座票。她從樹林上車，只為了把鄉下種的菜拿去給她的兒子，怕他一個人在外工作，飲食不均衡，順便拿了幾顆粽子讓他補補身體。

「就說晚上要開會，叫我坐夜車回宜蘭，我都這麼老了，也不太會坐車，找了好久才找到路，還好有最後一班車，不然也不知道要怎麼辦……」

我聽著阿婆說著，突然覺得她有點像洋蔥。這段話也許沒什麼稀奇，卻不小心讓我有點悲傷。

阿婆告訴我，她已經八十多歲了。就這麼一個兒子，一個人在大

城市工作，她很心疼，很捨不得，又不想牽絆住年輕人。

「都這麼老了，什麼都不會，什麼都不懂，怕給我兒子丟臉了……」火車離開頭城之前，阿婆搓揉著手指頭，這樣對我說。我連忙搖頭，卻一句話都說不出來。

大概過了十分鐘左右，礁溪到了，老婆婆站起身，拍拍我的肩膀。「我兒子差不多跟你一樣高，你要好好加油，好好照顧自己。」她說，「別讓你父母擔心啊。」

我送阿婆下車，藍綠條紋手提袋消失在視線之前，阿婆還回過頭跟我揮手。我感覺到自己在切洋蔥，於是趕緊回過頭去。眼淚很爭氣沒有掉下來，但我卻覺得自己切到了指頭，切到了肉。

這趟旅途回到我自己一個人的狀態，我突然覺得有點悶。

不知道我八十多歲的時候，會是什麼樣子？會不會照著鏡子，都認不出鏡子裡頭的那個人，到底是什麼時候闖進去的？

如果你都不要長大，而那時候我早點長大就好了。

Apple

我想起這個留言。

署名的 Apple，為什麼會希望自己那個時候早點長大呢？

這個時候，我真希望自己永遠都不要長大，那也許就不會等到八十多歲，認不出鏡子裡頭的人。

我坐回原本就屬於我的位子，拿出筆記本繼續胡亂寫著。

座位上還留著阿婆身上的一點點味道，是一種媽媽身上才有的味道。寫著寫著，我轉過頭看著窗外，車外的景色隨著火車的前進而不斷後退，我伸長了脖子，努力想往那些倒退的東西看去。

我突然發現，我是一個過分喜歡回頭看的人。

也許是記憶力太好的關係，總喜歡回想太多過去的東西。而這種回頭看的感覺，就像陽光一樣。

回憶是一種過分執著的陽光。
偶爾，也會燒痛了我的肩膀。

不望著會令你流淚的東西，那是唯一可以不流淚的方法。
──洋蔥理論

火車在羅東站停了下來，我看了看時間，剛好是兩點十五分。

我在日記本裡頭寫下 2、15 兩個號碼。重複寫了好多次，幾乎把整張紙都寫滿了，火車才重新啟動。

二月十五號，剛好是 Apple 的生日。

西洋情人節後一天。水瓶座。

西洋情人節是很奇妙的東西，我總覺得這個節日應該是商人的一種陰謀。創造出一個節日，讓追逐愛情的男孩女孩，男人女人們，在這一天花大錢買禮物，送給自己心中的那個人。

而生日在情人節前後，更是一種陰謀。這代表著除了情人節禮物之外，還可以收到生日禮物。

我曾經送過 Apple 生日禮物，是一頂紅色的尖頭帽子。

她收到之後，一直懷疑那是我聖誕節用過之後剩下來不要的，才轉送給她。真是天大的冤枉。那是真的在情人節前買的禮物，因為那時候沒人要買聖誕老人的帽了，所以我花了很少的金額，就買下了它。

『覺得怎麼樣，喜歡嗎？』我問 Apple。

「嗯……很紅。」

於是『很紅』成了她對我的禮物唯一的評價。

還好她沒說『很尖』，畢竟蘋果是紅的，不是尖的。這也是我為

什麼挑選紅色的帽子。

這樣才配得上她。

我在日記本寫下『很紅』兩個字，然後忍不住笑了。

將近四個小時的車程，我總得替自己找點事情做。一個不小心，我又開始回憶了起來。像我這麼喜歡回想過去的人，到底是什麼原因？

我把日記本闔起來，火車也慢慢往下一個方向前進。

我閉上眼睛，聽著火車快步往前奔馳發出來的聲音。我很好奇，像我們這樣快步往未來奔馳的人，會發出怎麼樣的聲音呢？

是『噹嘟噹嘟』，還是『乒乒乓乓』？是一群人像美式足球選手大聲吶喊著前進，還是像馬拉松選手一個人的喘氣聲？

我才發現，離開校園之後，我已經好久不曾像現在一樣，充滿疑問。不是問題消失了，是我強迫自己不去思考。

我想起《莊子‧盜跖篇》裡頭的那一段。

國中一年級在課本上讀到這一段，那也是好多年前的事了。尾生跟女子約在梁下，大水來了，尾生怎麼不懂得趕快離開呢？

我不是尾生，我並不知道。

如果是我，大水來了我應該會趕快叫救命吧。可惜，對我來說，大水曾經來過。

我說過，那在一九九三年的夏天。

我睜開眼睛，那一天也是在火車站，可惜我沒來得及上車。我目送 Apple 離開之後，我開始了自由的生活。

於是我愈是自由，就發現自己愈是寂寞。

然後便多出了很多時間回想過去發生的事，愈想就愈寂寞，接著發現寂寞的原因是自己太自由了。

這樣永無止盡的迴圈，從大水來的那一天開始，就沒有停止過。

那麼我該感謝九三年夏天的最後那班車，還是該感謝 Apple？

火車在南澳停了下來，似乎會休息好一會兒。大約還要一個多小時才會抵達花蓮，而這一趟旅程的最終目的，只有一個地方。就是海邊。

我走到車門處，趁著車上沒有什麼人，點起了菸。

當然火車上是不容許抽菸的，所以嚴格講起來，我正在犯罪，有時候覺得心情不好的時候就來犯罪一下，如果抽菸要判重罪的話，我現在已經在台北看守所拿VIP了。

「又是你。」警察說。

『沒辦法，我是VIP。』我說。

想著想著，自己笑了起來。

第一次抽菸的時候，我記得當那第一口煙進入我的肺，我口水鼻水直流。

那年我才正要上六年級，史亞明跟我兩個人拿著打火機，試了好久才成功點起菸。沒想到這麼多年之後，口水、鼻水不見了，只有熱空氣還在而已。

車廂裡頭除了我，只剩下一個人，就是剛才上車用厭惡的眼神看著我，那個長相清秀的上班族女孩。

我拍掉一身菸味，走進車廂時，她用著取締違規在電梯裡放屁的眼神看著我，看得我亂不好意思。差點跟她承認我剛才犯了罪。

我的座位恰巧在她的後方，所以可以看見那個女孩的所有舉動。也因為如此我發現那個女孩手裡拿著一本書，卻不是很專心地看，總是有意無意回過頭來瞄我一下。

我看過電影，當有人做著自己的事，卻又不專心時常看著你，那個人就是臥底。想到這裡我也不由得緊張了起來，手探了探車窗，想試著把封死的車窗用暴力硬生生打開。

　　我自己一個人拆得不亦樂乎，恐怕到那個女孩都下車了，我還在這裡拆車窗。

　　我的確是個無聊至極的人，無聊到列車長都想把我趕下車。

　　在我努力破壞車窗的時候，火車又再度停下來。

　　在火車上不斷等待到目的地的感覺，就像小時候看的童話故事一樣，怕迷路的小朋友一邊走向森林，一邊沿路灑下麵包屑。

　　我不停找事情娛樂自己，不停回想一些沒意義的事，就像灑著一堆又一堆的麵包屑一樣，等到了終點，回頭卻發現麵包屑都被小鳥給吃了。如果換做是我，我大概會把麵包屑下毒，這樣也許就不會被小鳥吃掉了。

　　如果我拿這種胡思亂想的能力去做點有意義的事，我恐怕可以成就一番大事業吧。

　　我繼續拆著車窗，前面的女孩被我的動作驚動了，仍舊不停地回頭看我。這大概就叫做『有志者，事竟成』吧。

　　嘿，女孩，妳知道嗎？這句話是漢光武帝說的。

　　我想妳大概不清楚吧！就如同我們只會從外在的感官接收訊息，卻從來不去追究訊息的來源。

　　我是一個喜歡追根究底的人。我曾經研究過生活周遭大小無數的事件。舉例來說，小狗尿尿要舉起腳的原因，在我的研究之下，發現原來舉起來的那條腿，是為了要瞄準彈道。

　　小狗上輩子大概因為尿尿不準，被媽媽罵過吧。

　　我在筆記本上畫了小狗尿尿的樣子，畫完之後發現自己畫的東西，看起來比較像腳抽筋的青蛙在吃雞腿便當。

　　其實早在我國小五年級就放棄了自己的繪畫能力。Apple告訴我，如果這個年代流行的是抽象畫，那我肯定幹掉畢卡索。因為他看

了我的畫作之後，應該會從墳墓裡跳出來在我身上打一套螳螂拳。

我收起筆記本，火車停在花蓮站。

車上廣播告訴我，這一站是終點站，如果不下車就會被列車長打包回家當菲傭，每天要把『噎死馬當』（Yes, Madame）掛在嘴邊。

我站起身，從頭上的架子拿了背包，往出口的方向走去。

清晨三點五十分的花蓮車站，安靜得可以演恐怖片。雖然春天已經結束，這個時候的車站，還是有些微寒意。

於是我快步走下車，一來害怕被列車長打包回家，二來也害怕有靈界的朋友垂涎我的美色，想延攬我擔任即將上檔的恐怖片裡頭，那個拿不到薪水，只領得到便當的配角。

所謂只能領便當的配角，就是一出場立刻被幹掉的那種角色。連被鬼幹掉都這麼悲哀，我可一百萬分的不願意。

「先生……」後方傳來淒厲的叫聲。

背上好像被一百枝鐵釘打到一樣，整個人毛骨悚然了起來。

「先……生……」我覺得這陣叫聲愈來愈驚悚。

我回過頭去：『我？』

是那個上班族女孩。

「對不起，請問一下……」她不好意思地說。

『沒關係。』說是這麼說，我心底響起了髒話奏鳴曲。

「請問這是你的皮夾嗎？」

我瞪大了眼睛，看著她手裡那個黑色的短夾。她順手遞了給我，我拿在手上仔細瞧著。

『這個……』我看了看，『不是我的，我們把裡面的錢分了吧！』

女孩睜大了眼睛：「那怎麼可以！」

我笑了笑：『開玩笑的，這個的確是我的皮夾，真不好意思。』

竟然這麼重要的東西都可以搞丟，我真是了不起。

「還好，看裡面的照片應該就是你才對……」

『什麼？』

「抱歉，我打開了皮夾看過了，真不好意思。」

『不要緊。』我笑著。

「我總覺得你很面熟。」一邊走往剪票口，女孩偏著頭說。

『是嗎？』我笑著，『也許哪裡見過吧。』

「或許吧。」

走出了車站，女孩回頭對我微笑，坐上Taxi。

花蓮的空氣有一種悠閒的味道，好像不需要奔跑，只要慢慢往前走，很快就會到達想去的地方。

我原本打算立刻招攬車子往七星潭而去，然而這樣的時刻或許沒有司機願意載我一程。

我點起了菸，路旁的Taxi司機吆喝著詢問我是否要坐車，我點點頭，揮手示意他稍等我一下。

「年輕人，快上車吧。」司機拍著引擎蓋催促著我。

『等我一根菸的時間。』

「馬上就要下雨了，先上車，車上抽也可以。」

我點點頭往車子的方向走去，拉開車門準備上車的時候，一滴雨水落在我的上眼皮。

我想知道我第一次踏上花蓮的時候，是什麼樣的天氣。

我以為我忘了，以為自己永遠不會再想起來。但是當我越確定自己已經遺忘的時候，反而記得越清楚。

『七星潭，謝謝。』我說。

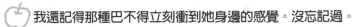 我還記得那種巴不得立刻衝到她身邊的感覺。沒忘記過。

Taxi 在花蓮的路上狂奔著。

我原先料想這個時候開口說要到七星潭去，司機大概覺得我不是瘋了，就是想到偏僻的地方趁機打劫。沒想到帥氣的他沒多問一句，發動車子就開始奔馳。

車行到某個路段，空蕩的街道因為下雨而更顯得冷清。

一台慢車緩緩地行駛在 Taxi 的前方，司機不耐煩按了幾聲喇叭，從左方快速呼嘯而過。

「年輕人，你有沒有發現，」司機回過頭說，「在路上開車比你慢的都是笨蛋，比你快的通常都是瘋子。」

我笑了。『每個開車的人大概都這麼想吧。』我說。

「沒錯吧！」

車停在七星潭外頭的小公園，這時候的雨小了。

我憑靠著記憶，緩步走向七星潭的方向，隱約聽得見海的聲音。Apple 告訴過我，看不見的海是最漂亮的。

「你知道嗎，海會吸引人的原因，除了那一片藍，還有藍色的歌聲，」她說。「可惜海太美了，所以很多人都忽略了海的聲音。」

『我知道這種感覺。』我說。

「真的嗎？」Apple 開心地說，「你也知道海的歌聲有多美？」

我點頭。其實，我是懂得海的聲音被忽略的感覺。一直以來，我都很清楚被忽略是什麼滋味。

我走下了階梯，一片漆黑籠罩了這個世界。也許因為剛下過雨，雲層厚了點，這個晚上連一點星光都沒有，更不要提月光。

我一邊聽著海，一邊估計自己跟海的距離。

我隨便擱下背包，在沙灘上就這麼坐了下來。海確實在我的眼前，可是我卻看不見，更甭提伸出手觸摸她。

即使我想靠近，海卻一下子往前，一下子後退。

凌晨四點四十五分，我在七星潭海邊。

我很想知道，海的那一邊，究竟有著什麼。可惜這個時候的海，什麼也看不見。會選擇這個時候到海邊來，是因為我想聽聽海的聲音。

我知道被忽略的感覺，所以我希望當海的聲音被忽略的時候，至少還有一個人聽著她唱著悲傷的歌。

終於到了海邊，我花了不到半天的時間，回到了海邊。

我走不回當年跟Apple一起坐著聽海的地方，我也走不回當年她拉著我的手開心的在海灘上四處奔跑的方向。

原來，這已經是這麼多年以前的事了。

海嘩啦嘩啦地唱著，隨著海的歌聲，我好像回到了那年那個時候，卻清楚我是永遠也回不去了。

我感覺現在的自己像極了尾生，而大水在這個時候又來了。

一九九三年第一次大水來的時候，我沒有逃。我堅守自己對自己的諾言，其實在另外一個方向，或許我早就已經逃離了那場大水。

唯一可以記憶的，只剩下眼淚。

這一次，大水又來了。在我不停回想著有關Apple的一切的這個時候。雖然回不去了，我也長大了。但我終究得回到這個海。

在開始這趟旅途之前，我打算結束自己被自己放逐的生活。

我告訴自己，這一次，我不會逃走了。如果有機會，我一定會站在原地，讓Apple聽見我的聲音。

一直到天都亮了，我終於看見海的另外一邊的景象。

七星潭的海跟記憶中的不同。記憶中的她，穿著一套湛藍的洋裝，在沙灘與她的交界，好像會發出光芒一樣。

眼前的七星潭卻不是這個模樣。

靠近海的沙灘，怎麼無緣無故多了好幾顆大小不等的石頭？眼前的她，怎麼脫下了湛藍色的外衣，卻披上了灰濛濛袈裟？

我站起身，仔細往遠方看去。

我以為海的另外一邊，應該是我跟 Apple 在這個地方笑鬧的畫面。看了好一下子，才發現，海的另外一邊，不過就是另外一片海而已。

我感到難過，非常非常的難過。

這個時候，我甚至連當年的那片海都找不到了。

我躺在沙灘上，感受這樣的難過。我知道大水要來了，在我決意要回到這片海的時候，我就知道了。

我很驚訝自己竟然如此難過，在事情過了這麼久之後，原來很多東西都還留在原本的地方，不能走開，也不想走開。

我花了很長一段時間，才把自己從海灘上抽出來。

我甚至連自己怎麼離開這裡，怎麼上車怎麼找到飯店都不清楚。我被難過的情緒覆蓋了，剩下的我只能在那裡載浮載沉，掙扎喘息。

走進飯店的房間之後，我拿出了筆記本。

在折騰了這麼久之後，我很驚訝自己竟然一點睡意都沒有。距離上一次讓我如此驚訝，已經是很久很久以前了。

那一次是我剛出生的時候，我驚訝得一年兩年都說不出話來。

這一次，我拿起了筆，寫下了關於自己的一切。

張文杰，三月十三日生，雙魚座。我是魚。

陳艾波，二月十五日生，水瓶座。她是 Apple。

如果我是一尾魚，那麼 Apple 就是我倚賴生存的水。

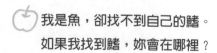
我是魚，卻找不到自己的鰭。
如果我找到鰭，妳會在哪裡？

第
2
章

Apple終究沒有向老師說明一切，
不知道怎麼著，在教室外的我感覺到有一些失望。
只有一絲絲，但是卻有著不小的重量。
『我才不會哭呢。』我對自己說。

我是活在水瓶裡頭的魚。

這句話是 Apple 對我說的。

在我們都還是小男孩跟小女孩的時候，我從來不知道眼前這個女孩會是我生命中這麼重要的人。

那時候的 Apple 比我高得多，在人群當中她總是最吸引人目光的那一個。我總懷疑，那時候的 Apple，確定自己真的只是一個單純的小學生，還是那時候的她已經了解自己終究屬於另外一個層次的人。

我們在生命中其中一個夏天相遇，那年我們六歲。山頂國小的校門口往來的人群多得不像話，國小的新生訓練總是家長多過於學生。

第一眼看見她，跟其他女孩子一樣穿上了白色的小學制服，頭上戴著黃色的學生帽。那時候我不知道她的名字，只知道那個女孩怎麼這麼驕傲。

請原諒當時的我，認識的字彙並不多。

驕傲對我來說，是一種出眾。而我了解這個詞之後，舉凡眼前吸引我注意的一切事物，我都用驕傲來形容。

就如同我曾經學會了『陰魂不散』這個詞，於是我告訴老師，我的頭髮陰魂不散地黏在我的頭皮上。

她是驕傲的。一種沒有辦法被身邊的東西掩蓋，發出光芒的那種驕傲。

我真正認識她，知道她的名字，是在黑板上。因為她的出眾，我記得小學第一個學期的副班長，就是由她擔任。

班長是一個叫做賴俊龍的人。

賴俊龍也是一個驕傲的人，但不是那種讓人討厭的驕傲，而是一種由內而外散發出自信，而且讓人不得不喜歡的驕傲。

「我叫賴俊龍，賴皮的賴，英俊的俊，賴俊龍的龍。」

坐在我後面的他主動跟我介紹他自己。

『賴俊龍的龍，是哪一個龍？』我問他。

「就是我名字的那一個龍。」

『我不知道是哪個龍。』我抓抓頭。

「你會知道的，」他笑著說，「而且知道以後，你一定不會忘記。」

是的，我一定不會忘記他。

這樣的他好像命中注定要當班上的風雲人物，所以很快地，黑板的右下角，班長的那邊就寫著歪歪扭扭的『賴俊龍』三個字。而副班長的地方，就寫著陳艾波三個字。也就是Apple。

當時我懂的國字並不多，只知道Apple的名字第一個字唸作『陳』。

因為這個重大的失誤，導致後來我跟Apple之間，存在一個永遠無法消弭的梁子。

「陳人皮，可不可以借我數學習作？」我第一次跟Apple說話。

『你在叫誰啊？』Apple瞪了我一眼。

好的開始是成功的一半。不好的開始，是壯烈成仁的另外一半。

我花了很長時間才讓Apple原諒我，而我犯的錯誤可不只這些。除了Apple之外，我也叫錯其他同學的名字。最讓我印象深刻的，是一個叫做『吳姿萱』的女孩。

我第一次叫她，是在全班面前，發美勞作業的時候。

「吳婆豆，妳的美勞作業在講桌上。」

從那一天開始，隨著全班同學哄堂大笑中，『婆豆』成了那個女

孩的綽號，一直到她大學畢業為止。我會這麼清楚的原因，是因為大學的時候，這個女孩恰巧跟我同一系。

真是冤家路窄。

這大概就叫做『勿以善小而不為，勿以惡小而為之』。

從我把Apple的名字喊成『陳人皮』開始，Apple每次看到我，都會嘟起嘴，不太願意理我。賴俊龍倒不以為意，總會在我面前，故意叫Apple『陳人皮』。

聽久了感覺還挺像陳皮梅之類的蜜餞，但是這種聯想在Apple耳裡可不是什麼幽默感，反而像是凌遲我的刑具。

偶爾我會對賴俊龍這種驕傲的說話方式，產生極度的厭惡。可是不管他說些什麼，聽起來總會讓人不自覺地臣服。

同樣的話在我口中說出來，不只不會讓人臣服，恐怕只會讓我被丟到海裡沉沉浮浮。

即使偶爾會產生厭惡感，但我不得不承認，賴俊龍的確是個相當有本事的傢伙。在那個年代裡，懂得把自己的頭髮中分，而且每天看起來都水水亮亮的人，就代表完全嶄新的帥氣。

於是我看著他的時候，總會有種莫名的崇拜。而我發現，Apple看著他的眼神，竟然跟我很像。

賴俊龍就像武俠小說裡面的高手一樣，即使只是折一根稻草，也可以變成屠龍刀。而我，就算真正拿了屠龍刀，搞不好沒幾秒鐘，警察先生就會把我從街上抓回警局。

像賴俊龍這種人，好像只要把衛生紙黏在背上，就可以飛到外太空。

在Apple的眼中，應該也是如此。

他是這麼地引人注目，而我是這麼地獐頭鼠目。

班長跟副班長，兩個都是亮麗得一塌糊塗，而我在他們眼中，或許只是一個不起眼的存在。

我只是存在著，用一種很透明的方式存在於這個世界上。而賴俊龍，卻是以一種低頭的角度看著世界，看著我。這是我跟他最大的不同。

後來我知道，這並不是正確答案。這不是我跟他最大的不同。

「海的那一頭有些什麼？」有一天，我問賴俊龍這個問題。

『海的那一頭，當然就是天空。』

這才是我跟他最大的不同。

因為對我來說，海的那一頭，其實是另外一片海。

我是魚，在海裡追逐著，不管這片海有多麼遙遠。而他，過了這片海洋之後，就可以飛上雲霄了。

他們兩個當了好幾個學期的班長、副班長，好像除了他們之外，也沒有什麼更好的選擇。甚至連班上的模範生，都是兩個人輪流當選。

我對他們，只有很多很多的羨慕，以及無時無刻的注意眼光。

當然那時候的我，其實還不懂得什麼是喜歡，什麼是欣賞。只知道他們在我的眼中，都是散發出光芒的，腳踩著跟我不一樣的地球，呼吸著跟我不一樣的空氣。

當然我是很努力的。

從我喊錯了 Apple 的名字之後，我對國語這門科目的要求就更嚴格，每天回家第一件事情就是複習國語課本。

我不希望把陳艾波叫成『陳人皮』的錯誤再次出現。

一直到國小三年級，我才向 Apple 道歉。

『陳艾波，對不起我把妳名字叫錯。』

那天中午我跟她去抬便當，我跟她輪到當天的值日生。

「叫錯？」她歪著臉問我。

『就是一年級的時候，我把妳的名字叫成……』

「噢，我想起來了。」Apple笑著，「沒關係。」

『謝謝啦，陳艾波。』

「妳不要叫我陳艾波，好奇怪。」

『不要叫陳艾波？』我嚇了一跳，『難道要叫妳陳人皮？』

Apple拿了一把免洗筷戳了我的手臂一下。

「你敢這樣叫我就不理你了。」

『那我要叫妳什麼？』我摸著手臂。

「你可以叫我Apple啊！」

『那是什麼意思？』當時我根本不懂英文。

「是蘋果的意思。」Apple笑著。

『為什麼要叫妳蘋果？』

「因為我是蘋果啊！」Apple笑得更開心了。

『妳是蘋果，那是我香蕉，』我說，『賴俊龍是芭樂。』

「好哇，」Apple說，「你就叫做香蕉。」

　　很久以後我才知道Apple是蘋果的意思。當我知道香蕉唸成『把那那』的時候，實在很後悔當時替自己取這麼難唸的名字。

　　大概在那一天之後，我才正式跟Apple成為朋友，在那之前，我一直只是她的同班同學。

　　而當我告訴賴俊龍，我替他取了名字叫做『芭樂』之後，他沒什麼太大的反應，好像只有我一個人熱中於加入水果軍團的行列。

　　『你一點都不覺得好玩嗎？』我問賴俊龍。

　　「有什麼好玩的？」他問我，「當一個水果嗎？」

『對呀，這樣我跟你還有陳艾波，都是水果了。』

「神經病，」他說。「我爸叫做蓮霧，我媽還叫做西瓜咧。」

不知道為什麼，雖然被他罵了，可是我笑得很開心。不只我，在一旁的 Apple 聽了，也笑了起來。

我從 Apple 的眼神中，看出了一點點不一樣的感覺。那是從來不曾出現在我的眼神裡，我所無法理解的一種光芒。

「有那麼好笑嗎？」賴俊龍皺著眉頭問我。

『是啊。』我笑彎了腰，『你媽真的是西瓜嗎？』

「問你，」他說，「你知道為什麼西瓜的肉是紅色的？」

『不知道。』我說著，一旁的 Apple 也湊過來聽。

「因為每個人買西瓜都會拍一拍，所以西瓜內傷，裡面就是紅色的。」

我跟 Apple 都笑了起來，只剩下賴俊龍面無表情地看著我們。

Apple 看著賴俊龍笑，而我笑的同時，卻注意著 Apple 的所有表情。就是在那個時候，我跟 Apple 選擇了不一樣視線。

我只看著 Apple，而她卻偶爾才會往我的方向看過來。

🍎 **故事只翻開一頁，就開始有想哭的感覺。**

三年級的時候，我們愛上了一個遊戲。

每堂下課時間，我們會在學校的階梯上玩猜拳。

通常我們會選擇在樓梯的中間開始，兩個人面對面數一、二、三開始猜拳，然後看誰會贏對方。贏的人可以往階梯上面走，輸的人只能往下走。誰先走到階梯的上面，誰就贏了。相反的，誰先走到階梯的最下一階，就輸了。

我是猜拳的高手，應該說，我總會先判斷出對方要出的拳，然後在瞬間反應出我應該出什麼拳。只要抓好時間，並且用極快的速度出

拳，對方通常不會發現我慢出。

我對這個能力相當相當自豪，先看見對方手中的拳之後才做出反應，並且選擇自己所決定的剪刀、石頭、布。

剛開始賴俊龍喜歡跟我玩這個遊戲，在每次都輸給我之後，他就再也不願意跟我玩了。其實我是可以讓他的，就像每次我跟 Apple 玩的時候，我總是刻意讓 Apple 贏一樣。

但是我不願意。我希望自己可以贏過賴俊龍，不管任何一方面。

這是一種倔強，也是一種不甘願。

面對 Apple 就不是這樣了。我總會刻意贏 Apple 一些，時間差不多之後，我會很乾脆地讓她逆轉獲勝，欣賞她開心的表情。

這對我來說很特別，讓我覺得我是重要的，我是可以讓 Apple 感到開心的。偶爾我們的賭注會大一點，特別是在中午吃飯時間。

輸的人不可以走回教室吃飯，必須等到上課鐘響才可以回教室去。

我曾經讓很多人中午吃不到便當，而我自己也因為故意輸給 Apple，也被懲罰過不少次。我甘之如飴，所以總堅持待在原地，等 Apple 吃飽之後繼續跟我玩。

也許對 Apple 來說，我這種堅持很守信用，但是這個信用的背後，其實是在等待 Apple 吃飽後，下一場遊戲的開始。

贏的人可以離開做任何的事情，輸的人只能待在原地。」Apple 說，「但是不可以哭喔。」

『我才不會哭咧。』我挺起胸膛說著。

這個遊戲跟著我們好久，甚至到了我們不再是小孩子，已經變成青少年，遊戲偶爾都還會持續著。

規則還是一樣，輸的人只能待在原地。

　　曾經有隔壁班的同學找 Apple 玩這個遊戲，結果 Apple 輸了。看著對方洋洋得意的樣子，讓我感到相當氣憤。於是我找那個人單挑，當然是比猜拳。我在十拳之內，就讓那個傢伙待在樓梯的最下層，一直到吃飯時間結束。

　　慢慢地我發現，我對 Apple 的感覺，似乎不像是單純的好朋友。上課的時候我會特別觀察她的反應，也會偷偷注意她考試的成績。這樣的感覺一直存在著，那時候的我說不上來，只知道 Apple 對我來說，是個非常重要的人。

　　Apple 的字寫得漂亮，所以我每天回家寫功課，總希望自己的字跡可以更工整，更漂亮一些。Apple 畫圖也很漂亮，當我知道她每個禮拜都會去參加繪畫班，我就央求媽媽也讓我去參加。

　　我不如賴俊龍這麼亮眼，所以希望自己在其他部分可以表現得突出一些。

　　一直到了四年級，我才終於當上了副班長。而班長就是 Apple。

　　當我成為副班長的那一天開始，我覺得我離 Apple 愈來愈近，那種親近的感覺很難用言語形容。

　　四年級的我們除了在階梯上猜拳之外，還迷上了另外一個遊戲：丟石頭。

　　學校裡頭正蓋著新的校舍，操場旁擺著成堆的沙子水泥，以及像個小山一樣的石子堆。

　　不知道是誰發現的，也不知道是誰開始的，每堂下課時間，大家都會衝到操場旁邊，分成兩個小團體，然後拿起地上的石頭互相丟擲。

　　這是一個非常危險的遊戲，甚至不能算是個遊戲，而是一種搗蛋。但是我們卻樂在其中，壓根兒不知道這個遊戲會帶來什麼樣的後果。

意外就發生在某一天的下午。

鐘聲一響，大家就飛也似的衝到操場旁邊，不只我們班的同學，還有隔壁班的。

大家就定位之後，操起地上的石頭就往對面扔過去，場面簡直跟戰爭沒什麼兩樣，大家躲在石子堆後頭，拚命拿石頭攻擊。

大家一邊喊叫，一邊丟著石頭，誰也沒有多餘的力氣去管身邊的人拿了多大的石頭丟出去，或者誰又成功讓對方退後了幾步。

一直到上課鐘聲響了，大家拍拍雙手，一窩蜂地跑回教室，我看見了在石子堆後面手摀著頭的 Apple。

『上課了，我們趕快回去。』我說。

Apple 蹲在原地不發一語，也沒抬頭看我一眼。

『趕快啊，等一下老師會罵人。』我拍拍 Apple。

等到我回過神來，Apple 已經雙手都是血地哭了起來。

不知道在什麼時候，一顆石子扔到了她的頭上，在額頭畫下了一道傷口。而血就這樣流了出來，我慌了手腳差點也跟著哭了起來。

『妳怎麼了？』我問了一個爛問題。

「好痛……」

Apple 在我的眼前掉下眼淚，我卻束手無策。

我從口袋裡拿了幾張衛生紙遞給她，卻沒有辦法幫她止住眼淚。

『我帶妳去保健室好不好？』

「我好痛喔，怎麼辦……」Apple 抬起頭，額頭上都是血。

『快點，我帶妳去擦藥。』

Apple 點點頭，蹣跚地走著，低著頭按著傷口。

走往保健室的這條路，好像永遠都走不完一樣，是我這輩子第一次有這種感覺。

　　我扶著一臉痛苦的 Apple 走進保健室，護士小姐看見我們，大吃一驚，立刻手忙腳亂地替 Apple 消毒擦藥。而站在旁邊的我，只能眼睜睜地看著痛苦的 Apple，卻一點忙也幫不上。這是我第一次學到「無能爲力」這個詞，原來這是一個會讓人這麼難過的感覺。

　　有些事情是這樣的，還沒有發生的時候，總覺得自己了解它的意思，等到眞的發生了以後，才知道原來一切都跟自己想像的不同。

　　我對自己不能保護 Apple 感到難過。

　　Apple 包紮完傷口之後，躺在病床上休息。我先回教室，老師站在講台上盯著我，讓我不知道該說什麼。

　　『報告。』深呼吸之後，我走進教室。

　　「上課這麼久了，跑到哪裡去了？」老師問我。

　　『陳艾波受傷了，我送她去保健室。』我說。

　　「她怎麼受傷了？」

　　我猶豫了好一下，不知道該怎麼開口。

　　「快說啊，怎麼受傷的？」

　　老師的口氣並不兇，但是我還是膽怯了。

　　『因爲……因爲我們下課在玩石頭。』我說。

　　「然後呢？」

　　『然後不小心丟到她的頭，所以她就流血了。』

　　「爲什麼要玩石頭？」老師的聲音由關心轉爲生氣。

　　『我……』我低下頭。

　　「是你丟到她嗎？除了你之外還有誰玩石頭？」

　　我抬起頭往賴俊龍的方向看去，他動也不動地坐在自己的座位上看著我，面無表情就像一座雕像一樣。

　　我很渴望他會舉起手解救我，替我向老師解釋這一切，或者班上

隨便一個人站起來，扶我一把，讓我不會這麼無助。

　　可惜都沒有。

　　賴俊龍還是坐在位置上冷冷地看著我，其他人也都不敢吭聲。

　　「快說！是不是你丟到她的？為什麼要玩石頭？」

　　我搖搖頭，說不出話來。

　　「除了你，到底還有誰也玩石頭？」

　　『沒有。』我深呼吸了一下，看著老師：『是我玩石頭丟到她。』

　　我在教室外頭面壁罰站了整節課。

　　Apple回到教室之後，老師沒有責怪她，只要她盡量趴在桌上休息。隔著一道牆，我聽見老師很生氣地訓斥著。

　　「玩石頭是非常危險的，我希望大家都要以張文杰為借鏡，千萬不可以玩這麼危險的遊戲。像陳艾波受傷了，我該怎麼跟她的父母交代？」

　　整個走廊以及教室都安靜得可以聽見自己的心跳聲。

　　我站在教室外頭，面對著牆壁。

　　「張文杰！」老師在講台上喊著我名字。

　　『有。』我在教室外頭舉起手。

　　「我要你自己跟陳艾波的父母親道歉，聽到了沒有？」

　　『聽到了。』

　　我忍著眼淚，偷偷撇過頭往窗戶靠過去。透過窗戶，我看見Apple坐在位置上，不停玩著自己的手指頭，眼巴巴地看著老師，一副欲言又止的模樣。

　　我在心底祈禱著，希望Apple什麼都不要說出來，讓我承擔就好。

　　我發誓，那時候的我真的這麼想。

Apple終究還是沒有向老師說明一切，不知道怎麼著，在教室外的我鬆了一口氣，卻也感覺到有一些失望。

只有一絲絲，但是卻有著不小的重量。

『我才不會哭呢。』我對自己說。

好長一段時間，我在學校的日子從白天變成了黑夜。

明明大家都知道那不是我做的，看到我卻都不願意親近，甚至有人掩著鼻子快速通過，好像我的身上會散發出什麼樣的臭味一般。

我啞口無言，也不想多做辯駁。

每節下課還是很多人會到樓梯去玩猜拳，偶爾我去上廁所經過了，靠近的人會瞄我一眼，然後繼續玩著他們的遊戲。

我只能快步經過，露出一副『我一點也沒興趣』的模樣。

那個時候的我，似乎看見倉皇的自己，像極了一隻闖過快車道的狗一樣。

我不怪他們，至少現在的我一點都不會有任何怨恨。畢竟那是很久很久之前的事了，而我也忘了到底是哪個人對我露出厭惡的表情。

畢竟一群十歲左右的孩子，哪裡會懂得厚道地對待身邊的人？

最痛苦的應該是體育課。

大家成群玩著躲避球，或者鬼抓人，就我一個人待在原地，找不到同伴。賴俊龍曾經試著找我一起加入，但是我看見他眼中一絲絲無奈，我拒絕了。

我就是這樣倔強，所以搞得自己遍體鱗傷。

我時常在想，如果那天丟到Apple的那顆石頭，是丟在我的頭上就好了。那麼我或許可以在它丟過來的時候，趕快出『布』，然後石頭就輸給我，Apple也不會受傷了。

可惜這個世界上的事不會像剪刀石頭布那麼簡單。

Apple在石頭大戰事件之後，額頭上留下了一道不算明顯的傷疤，而我們之間也沒有提及這一切，好像一切都沒有發生一樣。

只是在開班會的時候，Apple會跟我保持很好的距離，她是班長，我是副班長，就保持這樣的距離。雖然很難過，但我一點也不責怪Apple，只覺得自己很怯懦，便更刻意跟她保持距離。

我害怕在Apple眼中，看見自己是如何地被厭惡著。

疤痕留在她額頭上，也在我心上畫了一道。

因為這道疤痕，我跟Apple之間永遠都存在著一種距離。

的確，在學校的日子從白天變成了黑夜。笑著一張臉的太陽走了，取代的是不知道何時才會結束的黑暗。

我沒想到自己會把自己弄成這種地步，但是我一點也不後悔，只覺得有一些感傷。

我的距離就這樣和Apple愈來愈遠，有時候都快要看不見。

下課看著大家在樓梯玩遊戲，我坐在教室發呆。當同學在騎馬打仗，我一個人，沒人當我的馬。值日生的時候，跟我一起的人要我自己去倒垃圾，他找別人去抬便當。

我是被班上遺棄的壞蛋，也被自己遺棄了。

唯一肯理我的人，是坐在我後面的史亞明。一個不愛寫作業，每次考試卻都可以拿到高分的人。

我還記得畢業的時候，老師給他的評語：『好吃懶做，出類拔萃』。

我不知道老師是形容他『好吃懶做』到『出類拔萃』，還是說他有著這兩種特質。

　　史亞明在三年級的時候轉到班上，也許因為轉學生的關係，他並沒有什麼朋友，而這個時候的我，也是如此。在我的印象中，我沒主動跟他說過話。

　　「喂！」他拍拍我的肩膀。

　　『什麼事？』我問著。

　　「你猜拳很厲害喔。」他說。

　　『還好啦。』

　　其實我心裡是開心的，我覺得史亞明解救了我，也解救了那顆石頭。

　　「你教我猜拳好不好？」他問我。

　　『這樣是剪刀，』我伸出兩根手指，『這樣是石頭……』

　　「這個我知道啦！」他說，「我是想要猜贏。」

　　我教他怎麼在別人出拳之前的那千分之一秒判斷出來，然後出拳取得勝利。可惜我教了他一個禮拜，他還是學不會。

　　最後他放棄了，學期也要結束了。

　　就這樣　直到放暑假，然後我們都升上高年級。

　　我的副班長生涯，也就像電梯裡面不小心放的屁，雖然不想承認，但是也悄悄地蔓延，然後消失。

　　那個暑假我是痛苦的，一個人在家裡寫暑假作業，沒有同學約我出去玩，有問題也沒人可以問。還好大家是健忘的，暑假結束之後，班上充滿了夏天的感覺。

　　我安靜地坐在自己的位置上，一語不發地看著大家熱絡地討論著暑假的生活，炫燿著夏天的標誌。

　　開學的第一天，我四處張望尋找了很久，Apple沒有出現。

　　賴俊龍曬得黑亮，走過來我的身邊，拍拍我的肩膀：

「張文杰，你的作業借我一下。」

『借你幹嘛？』我一邊說，一邊拿出作業。

「我忘了寫日記，借你的來看一下天氣，免得下雨的時候我寫成晴天。」

『喔。』我遞給他，『你曬得好黑。』

「我去學游泳。」他笑著對我說。

『學游泳？』我很驚訝。

「對呀，我已經學會蛙式，正在學最難的蝴蝶式。」

『蝴蝶式？蝴蝶也會游泳嗎？』我好奇地問。

「當然會啊，你自己去學就知道了。」

我很羨慕會游泳的賴俊龍，也很好奇為什麼蝴蝶會游泳。我並不知道原來『蝶式』只是一種游泳姿勢，就像『吃屎』是一種罵人的話，不是一個動作。

史亞明還是坐在我的後面，正在努力地抄著別人的作業，我回過頭看了他一眼，他對我笑了笑：「你作業都寫好了？」

『都寫好了。』我說，『需要幫忙嗎？』

「要！」他湊到我耳邊，「幫我把老師打量。」

『這個我幫不了你。』

我隨手拿起他的讀書心得，史亞明寫的是《三國演義》，我從裡面發現了一些很好笑的東西。

『史亞明，你的優美詞句……會不會有點怪怪的？』

「哪裡怪？」他停下筆，抬頭問我。

『你看，關公拿起關刀，「咻的一聲」。咻的一聲算優美詞句嗎？』

「不是嗎？」他低下頭繼續抄著作業。

『還有，這本書的大意寫錯了。』我說。

　　史亞明在大意最後的地方，寫著『劉備、關羽、張飛三個人是三國人，卻跑到桃園去結義，讓我很佩服他們的毅力』。

　　我看了簡直要昏倒了。

　　『你確定你有看過這本書？』我問。

　　「有啦，」他說，「你別吵我，我很忙。」

　　最後我的暑假作業，得了班上第二名，還拿了一張獎狀回家。而史亞明這個傢伙，被老師罰抄唐詩三百首裡面的詩，每天放學老師都會檢查。

　　後來這個傢伙，在六年級的時候，參加了學校的唐詩比賽，得了第一名，還參加全國的唐詩比賽，也拿下不錯的成績。

　　真是世事難料。

　　即使我記性很好，但這麼多年後的今天，『史亞明抄唐詩』這件事情，我老早忘掉了。多年之後的某一天，我才從史亞明的口裡喚起這個記憶。

　　只是這麼不光彩的事情，在他口中卻像『在河邊看裡魚逆流而上』。那是很久之後的事了。

　　我忘了說，那年暑假作業第一名，是陳艾波。同時她的暑假作業，也是全年級的第一名。

　　開學之後很多天，我才看見 Apple 在教室裡面出現。我不敢問她為什麼消失這麼多天，尤其是當我看著她的時候，總覺得她額頭上的疤，有點刺眼。

　　過了一個暑假，Apple 很明顯長高了很多，原本就比我高的她，現在更顯得修長。

　　升上高年級之後，Apple 感覺跟班上同學都不一樣，好像我們都

還是小學生，只有她一個人自己長大了，讓人想不注意她都很難。

開班會的時候，前個學期的班長、副班長要負責主持，站在講台上的她，讓我覺得自己很幼稚。

我默不吭聲站在她的旁邊，讓她主持整場班會。最後，Apple再次連任班長。還好小學只有六年，否則Apple恐怕會當班長當到領退休金為止。

班會開完，我就急忙地走下講台，害怕跟Apple多站在一起一秒鐘。

這是很矛盾的心情，但是我喜歡隔著一段距離遠遠看著她，卻不想靠她太近。不管上課，下課，不管早上，下午。我總喜歡隨時注意她在什麼地方，並且把視線留在她的身上。

靠她愈近，愈覺得不安，越是想躲開。

這種複雜的感覺困擾了我，讓我面對Apple的時候會不自覺地慌張。

Apple似乎察覺了我的反常，偶爾我遠看著她的時候，會發現她轉過頭來看我一眼，而我會急忙將視線轉開。

非得跟她說話的時候，我會用很不耐煩的口氣，想盡快結束談話。尤其是，當我發現Apple跟賴俊龍愈來愈好的時候。

有時候他們兩個站在一起說話，我不得不覺得他們很登對。賴俊龍又高又帥，又會游泳。而我，找不到任何一點可以跟他相比。

因為如此，我就更厭惡自己，更不想讓自己跟他們同時出現。

值日生剛好遇到我跟Apple的時候，我會找人跟我對調，每次被我出賣的，都是史亞明。

「張文杰，你可以借我美工刀嗎？」一次上美勞課，Apple跟我

說話。

我突然間心跳加快，口乾舌燥，拿起了我的美工刀：『拿去，用完快點還我。』

我心裡罵了自己超過一萬遍。其實我很高興她跟我說話的，出口的卻盡是不耐煩的感覺，遞給她的美工刀只差一點沒往她身上插過去。

「喔，謝謝。」

我發現，我慢慢地把自己跟 Apple 之間的溫度，降到冰點以下。

「喂，張文杰！」史亞明叫我。

『幹嘛？』

「你幹嘛對陳艾波這麼兇？」他說。

『你管我，我就想這樣跟他說話。』我惱羞成怒地說著，一轉過頭才發現，Apple 拿著美工刀正要還我。

『妳要幹嘛？』我生氣地對著 Apple 說著。

「沒⋯⋯沒有，我拿美工刀還給你。」她咬著下嘴唇說著。

『拿來啊！』我一把將美工刀搶了過來。

「謝謝。」Apple 脹紅了臉，低下頭很快地走了。

我手裡拿著美工刀，很想一刀把自己給解決掉。史亞明在旁邊瞪著我，搖搖頭沒說話。

後來整節美勞課，我都不知道自己在做些什麼。手裡拿著美工刀，看著 Apple 的方向出了神。當我看見 Apple 向賴俊龍借美工刀的時候，我覺得心臟被什麼東西打到了一樣。

有那麼一瞬間，我發現 Apple 轉往我這個方向看過來，在我撇開視線之前，好像看到 Apple 的眼神裡面，有一些我不知道的東西。

我跟 Apple 永遠都會有一段距離，
差不多一個疤痕這麼寬。

從史亞明的口中，我知道 Apple 開學前幾天沒來，是因為出國去了。他還告訴我，Apple 去日本玩，買了很多紀念品送給同學。

『你跟我講這個幹嘛？』我說。

「紀念品啊！」史亞明拿著一個填充玩具，在手裡甩啊甩的。

『那⋯⋯又怎樣？』

「是沒怎樣啦。」他聳聳肩。

我偷瞄了一眼他手裡的玩具，裝著一副不在乎的樣子。

我很想聽他繼續說下去，可能因為我的表情太不在乎，他也覺得意興闌珊，便沒有多說。

「借你看一下。」史亞明笑著對我說。

『不要！』我大聲地說著，露出了不耐煩的樣子。

史亞明拍拍我，用手指著講台的方向。我轉回頭去，Apple 走上講台，在『上課說話』幾個字的下面，寫著我的名字。

走下講台時候，Apple 嘟著嘴看了我一眼，我裝帥地撇過頭。

「你被登記了啦！」史亞明一臉歉疚地用氣音跟我說。

『沒差。』我說。

其實有點痛。

Apple 很少登記同學上課講話，沒想到我竟然會是她登記的對象。

我覺得自己處在爆炸的邊緣，很惱怒自己這麼執拗，卻又對自己一點辦法也沒有。

我被罰擦黑板一個禮拜，每堂下課鐘聲響，大家衝出教室的時候，只剩下我一個人在擦黑板。板擦每在黑板上揮動一下，我就覺得

自己爆炸一次。

　　史亞明把那個Apple送的小玩具掛在書包上，我從講台走回座位的時候，總會忍不住多看一眼。我好像是被Apple遺忘的唯一一個，多看那個小玩具一眼，我就覺得爆炸的威力增強了好幾倍。

　　我已經到了『男生愛女生』的年紀。

　　我知道自己很喜歡Apple，卻不知道自己為什麼會這麼反常，總是擺臉色給Apple看，故意裝出毫不在乎的模樣。而Apple則跟賴俊龍愈來愈好，下課的時候時常看見他們一起說話，甚至會一起吃中餐。

　　我跟Apple的距離愈來愈遠，每次遠遠看著她的時候，胸口總是悶悶的。史亞明非常非常喜歡跟我提到Apple，總有意無意說起Apple說過的話，或者最近他們女生之間，又流行什麼。

　　我總是裝作一點興趣也沒有，卻很認真地聽著史亞明的話。有一天我忍不住，想問個明白。

　　『史亞明，你是不是喜歡陳父波？』我嚴肅地說。

　　「我？我沒有哇。」他認真地回答。

　　『沒關係啊，我又不會跟別人說。』

　　「真的沒有啦，我是看你沒事都會看著她，可是跟她好像又處得不是很好，才會跟你說一下。」他無辜地說著，「了不起以後不跟你說了嘛。」

　　『我哪有沒事都會看著她！』我反駁。

　　「拜託，兄弟，」他白了我一眼，「我坐在你後面咧！」

　　『我才沒有咧。』我倔強地否認。

　　我尷尬地轉過頭去，想佯裝自己很鎮定。

　　我瞥了Apple一眼，發現她正瞪著我，好像又要去黑板登記我的

名字。我趕緊移開視線，用手托著下巴看著窗外。

「你看吧，你又偷偷看陳艾波。」史亞明在背後小聲地說著。

『別亂講！』我回過頭去。

「偷偷跟你說，我喜歡的是黃珮君。」他小聲地說，「保守祕密喔。」

我對史亞明眨眨眼，表示我會保守祕密。因為這一個祕密，我又擦了一個禮拜的黑板。

Apple又在『上課說話』的下面寫了我的名字，我僵著臉看她一筆、一筆在黑板上寫著『張文杰』三個字，卻覺得她的手離我的名字好遠、好遠。

Apple走下講台的時候，還是朝我這邊看了一眼，仍舊是嘟著嘴，沒好氣地看著我。我想，我真的讓她非常生氣，非常不認同吧。

偶爾我會想改變這一切，就像三年級的時候一樣，我會叫她Apple，她會笑著說我是香蕉。輪到值日生的時候，會跟我一起抬便當，一起倒垃圾。我還是會跟她玩猜拳，然後一如往常故意讓她，然後在樓梯間等她。

只是現在，她已經走上最後一階的樓梯，而我還在最下層等著，不知道什麼時候她才會回來跟我繼續這個遊戲。

上課的時候，老師把我叫了起來，問我最近為什麼上課這麼愛講話。

我低著頭，沒有回答。

「張文杰，如果你再被登記的話，我就要罰你擦整個學期的黑板，聽到了嗎？」

『聽到了。』

從那之後，史亞明就不敢在上課鐘響還跟我說話了。

　　我總是手托著下巴，看著Apple，看著她跟賴俊龍互相傳著紙條，Apple臉上的笑容刺眼地讓我眼睛都要瞎了。

　　我自暴自棄地想斬斷跟Apple所有的聯繫，可是史亞明總會不定時地跟我報告關於Apple的一切。

　　「她最近跟賴俊龍很好。」他說。

　　『關我什麼事？』我生氣地說著。

　　「黃珮君也跟賴俊龍很好。」史亞明有點無奈地說著。

　　『黃珮君？』我疑惑著。

　　「賴俊龍好像跟所有女生都很好的樣子。」

　　真討厭。我們兩個異口同聲地說。

　　我一點反擊的能力都沒有。

　　不管在任何方面，我都不是賴俊龍的對手。連最近大家在練習的跳繩，賴俊龍都跳得非常好，不只速度很快，還會很多花式。而我只能跟史亞明兩個人在教室後面練習，連速度都沒辦法像他這麼快。

　　因為跳繩的關係，賴俊龍成了班上女生眼中的英雄，而我們就是凸顯出他英雄氣質的普通人。

　　一直到跳繩比賽之前，每次體育課大家都在練習，而賴俊龍則是班上的隊長，負責指導大家的動作以及喊口號。

　　副隊長，是Apple。

　　賴俊龍過來指導我的時候，我總是很氣餒，卻又不得不承認他真的很厲害。史亞明則因為黃珮君的關係，對賴俊龍一直很不以為然，偶爾還會不理會他。

　　反倒是副隊長的Apple，從來不曾過來跟我說話。

　　每次他們兩個在隊伍前面整理隊伍說話的時候，史亞明總瞪著賴俊龍，而我都盯著Apple。我很希望站在Apple旁邊的人是我，可惜

當她往我這個方向看的時候，我總會撇過頭去。

「我真想拿跳繩鞭打賴俊龍幾下。」史亞明湊在我的耳邊說著。

『你現在可以過去，』我說，『初一十五我會拿香拜你的。』

史亞明拿跳繩的握把敲了我一下。

跳繩比賽是有嚴格規定的。必須兩個人一個小組，面對面計算對方在一分鐘之內，總共跳了幾下。時間到了之後，必須兩個人一組，其中一個人手拿跳繩，然後兩個人一起跳。在時間之內，兩個人加起來跳最多下的，就獲得優勝。

也就是說，一開始單人跳繩，只是熱身而已，計分只有在雙人跳繩的部分。一開始我都是跟史亞明一起練習，每次熱身的時候我總是比史亞明還要快，跳得次數多上很多。

練習結束之後，體育老師要我們把次數告訴他，他會重新分配組員，讓速度接近的同一組。

不知道練習了幾次之後，體育老師把大家都集合起來，宣布重新分配過後的組別。

第一組，賴俊龍跟黃珮君。

我聽到之後馬上轉過頭去看著史亞明，他的臉色一沉，不發一語。

『還好吧？』我問。

「比大便在褲子上好一點。」他說。

我拍拍他的肩膀安慰咬牙切齒的他。

「這個賴醜龍，還賴俊龍咧⋯⋯」

史亞明跟班上另外一個很厲害女孩子一組，可惜現在的他已經沒心情注意這些了。

「張文杰跟陳艾波！」老師說。

我嚇了一跳，舉起拿著跳繩的右手。

「舉手幹嘛，出來啊！」老師說。

『是。』

我走進隊伍裡頭，低下頭去不敢看著眼前的Apple。

「好，現在開始練習！」老師宣布，「從女生先開始！」

我還是盯著地板，手裡緊緊捏著跳繩。

Apple開始跳著，我一下、一下的數著，頭也不敢抬。

「好！現在換男生跳！」老師喊停。

大家都開始了之後，我聽著耳邊傳來跳繩打著地板的聲音，動也動不了。

「開始了。」Apple提醒我。

我抬起頭，跟她視線接觸的一瞬間，我覺得臉好燙，馬上別開眼睛。

時間相當漫長，好像所有的人都用慢動作跳繩，比武俠電影還要厲害。我故意不看Apple，露出漫不在乎的神情，其實用盡了全身的力氣，想要表現出最好的一面。

練習結束之後，我發現自己滿頭大汗，比平常練習還要疲憊不少。

「你跳得很快。」Apple說。

『喔，是喔。』我的天啊，這是什麼回答？

雙人練習開始之後，我杵在原地發愣。我不知道該說些什麼，只能眼巴巴地看著地板，連拿著跳繩的手，都開始顫抖。

「開始了。」Apple再次提醒我。

我點點頭，眼睛還是看著地板，手操起跳繩就開始跳。

「噢！」Apple 叫了一聲，我嚇了一跳趕緊停止。

『妳還好吧？』

跳繩打到了 Apple，我感到內疚得說不出話，才發現自己離 Apple 的距離太遠，根本沒辦法兩個人一起跳繩。

「沒事。」Apple 嘟著嘴說。

『我帶妳去保健室好不好？』我有點焦急。

「噗哧……」Apple 笑了出來，「我只是被跳繩打到而已。」

『對不起。』我低下頭。

「沒關係。」Apple 微揚著下巴，笑著對我說。

我感覺臉好燙，趕緊低下頭，不敢看著她。

「你再低著頭，我會被你打得全身受傷。」她說。

『喔。』我趕緊抬起頭。

「開始練習吧。」她偏著頭笑著看我。

『嗯。』

雖然慢了一點，可是當老師喊停的時候，我跟 Apple 的成績，還是非常好。Apple 聽到老師宣布我們第三名的時候，開心地拍著手，我則在內心歡呼著。

第二次練習的時候，我慢慢習慣抬頭看著 Apple。拿著跳繩的她，還是那個認真的表情，讓我不由得看傻了眼。

輪到我跳的時候，Apple 瞪大了眼睛看著我，害我很不好意思，還因此遲疑了一下，錯過起跳的時機。等我回過神來，我拿起跳繩賣力地跳著。

「你是不是……」Apple 不知道對我說著什麼。

『妳、說、什麼？』我一邊跳一邊問她。

「你是不是很討厭我？」Apple 紅著臉。

空氣中除了喘息的聲音之外，只剩下沉默。單人練習結束之後，我停下手中的跳繩，氣喘噓噓地深呼吸著。

「雙人練習，開始！」老師大聲喊著。

我看著Apple，做好起跳的準備動作。一、二、三，我們很有默契地在同一個時間離開地球表面，也幾乎在同時間回到原本的地方。

我睜大了眼睛，花了好久的時間，才能夠在這麼近的距離看著Apple，隨著我手裡的跳繩，我們靠得很近。

練習結束之後，我跟Apple都手撐著膝蓋，貪婪地呼吸著空氣。

『沒有。』我搖頭。

「啊？」Apple抬起頭看著我。

『就這樣。』我自以為帥地說著。

下課鐘聲響了之後，我跟史亞明買了飲料走回教室。史亞明還是一臉氣憤，我拍了拍他的肩膀。

「你幹嘛這麼高興的樣了？」他問我。

『我沒有。』我喝著飲料，一邊說著。

「你就有！」他說，「我都快氣死了！」

『我真的沒有。』

我真的沒有，老實說。

下課鐘響之前，賴俊龍跑過來找Apple一起去福利社，我怎麼高興得起來。我還趁機瞪了賴俊龍一眼，Apple似乎看到了，對我笑了笑。

「你真的沒有討厭我嗎？」賴俊龍來之前，Apple再次問我。

『真的。』我說。

「你發誓。」她嘟著嘴。

『我、發、誓。』我不耐煩地舉起手。

「好。」Apple微笑著,「對不起,也謝謝你。」

『幹嘛?』

Apple摸了摸額頭,我看見那個疤痕。那個已經不明顯的疤痕。

這個時候,賴俊龍才走過來。

喔不,史亞明說,那是『賴醜龍』。

Apple,這麼近的距離看著妳,才發現妳跟我的距離。

第
3
章

我們大口、大口吃著冰棒，
童年的夏天大概就要這麼結束了。
跨過這一天，童年就變成了少年，
夏天也不會有無憂無慮的味道了。

是的，從那麼近的距離看著 Apple，才發現我跟她的距離好遠。

曾經我花了好長一段時間在我跟她之間的距離探險，直到這麼多年後才發現，我終於還是迷了路，走不回去。於是我花很大的心血在過去的一切中探詢，總希望會找到一點不一樣的東西。

我知道這樣很蠢，史亞明也這麼告訴過我。但我更清楚的是，不想放在心上的人，要用一輩子的力量來忘記。

可憐了我記憶力這麼好的人，花上了更沉重的心力。

老實說，國小五年級的比賽之後，我再也沒拿起跳繩。也不知道為什麼，事情過去之後，就沒了當初拿起來的意義以及價值了。

跳繩就該留在那一年的春天，綁著馬尾的 Apple 身上。

跳繩比賽是我第一次近距離感覺到她的呼吸。

比賽的那一天，我很緊張。我怕自己出了什麼差錯，更害怕在 Apple 的面前表現不好。

雙人組比賽開始之前，我幾乎要喘不過氣來。

「加油，我會跟上你的。」Apple 對我說。

『喔。』我點點頭，不知道是不是因為運動的關係，我覺得臉很燙。

比賽時候我是不專心的。我總忍不住盯著 Apple 額頭上的疤痕看，然後想起 Apple 對著我說，『對不起，也謝謝你』。

一個分心，我踩到了 Apple 手中的跳繩，跌了一跤。

於是我的記憶就停在那個時候，跳繩比賽的結果我忘了，最後的名次如何我也記不得了。

我頹然坐在地上看著 Apple，似乎跟她的距離，又遠了一些。

不過是個小小的跌倒而已。我當然知道，而且對現在的我來說，跌倒只要爬起來就好。

對於當時不過十二歲的我，那一跤不僅讓自己出糗，也跌掉了我所有的自信。

老天爺這麼招呼我一下，我覺得世界正在崩壞，恨不得手中立刻抄起一把鐮刀，用最華麗的姿勢把自己犯賤踩到跳繩的那隻腳裁下來，倒插在操場旁邊，順便立起一個墓碑，上頭寫著『愛我請不要砍我』當成它的墓誌銘。

原來我總是在不知不覺當中，慢慢地讓自己被過去吞噬。然後甘願讓自己體無完膚。

很多年後我問Apple，她早已忘了那年的跳繩比賽，也不記得我曾經跌倒。

我不覺得開心，反倒有點失落。對我來說如此重要的一個定點，對她來說不過只是海中的一朵浪花罷了。

偶爾我會對自己這樣的死心眼生氣。即使如此，我並沒有完全地絕望。

「每次看到他的臉就有種狗急跳牆的感覺。」史亞明對我說。

『所以你是狗？』我問。

「重點不在狗，重點在我很生氣。」

是啊，我也是。我很想跟史亞明說。

「為什麼他會這麼受女孩子歡迎？」他問。

『你說賴俊龍？』我想了想，『因為他帥吧。』

「我也長得不差啊！」他驕傲地。

『這個是有差了那麼一點。』我點點頭。

我回過頭瞄了一眼賴俊龍，他正坐在黃珮君座位旁，有說有笑。難怪史亞明變成了狗，現在正咬著我的手臂。

『不要咬我啦，去咬他！』我甩開手。

「哼，氣死我，」他鬆開嘴，「把自己裝成一副金龜子的樣子，哼！」

『你是想說金龜婿吧。』

「都一樣啦。」

史亞明應該很喜歡黃珮君。這也難怪，黃珮君長得很清秀，個頭不高，五官相當立體，跟 Apple 不一樣的，是她總是一頭短髮，還喜歡在頭髮上別著一個很可愛的髮夾。

跟 Apple 比起來，黃珮君少了一點什麼。就是那種，會讓人……心跳變快的那種東西。

我不會形容。

我想，史亞明每天來上課，只會做兩件事情。

一是用力地喜歡黃珮君，二是更用力地討厭賴俊龍。針對討厭賴俊龍這方面，史亞明事業做得很大。只要跟他有一點關聯的，通通殺無赦。不過也托賴俊龍的福，史亞明因為不想考試輸他，開始認真念書，認真寫作業。

雖然史亞明腦袋一等一的好，可惜總是沒專心在課業，連考試都可以隨便寫寫，所以總是跟前三名無緣。

五年級最後一次月考，史亞明拿到了第三名。

老師發下獎狀的時候，史亞明很開心地走上講台，拿了他國小第一張獎狀，也是最後一張。

那次月考我印象深刻，第一名是 Apple，第二名是黃珮君。

而原本是前三名常客的我，因為數學考卷忘了寫名字被扣了十分，所以拿不到獎狀。

史亞明告訴我，這是他最接近黃珮君的一次。

發完獎狀那堂課的下課時間，Apple 走到我的座位前面。

「你還好嗎？」她問。

『我？』我看看自己，『好啊。』

「沒事就好，我以為你心情不好。」

我開心地差點把椅子吃進肚子裡。

Apple 說完話就離開教室，我的心臟卻依舊拚命想衝出我的胸膛。我轉頭回去想跟史亞明說話，卻不見他的人影，才知道他跑去黃珮君的座位旁邊，跟黃珮君說話去了。

『你跟她說什麼？』

史亞明回來之後，我好奇地問了。

「沒什麼。」他開心地說。

這個傢伙，才國小五年級就懂得怎麼泡妞，真是誇張。

『快說啦！』我心急。

「我就問她為什麼每次都可以考這麼好啊！」

『然後呢？』

「然後我就說，如果我不會的，希望她教我。」

『然後呢？』

「就沒然後啦，就約她暑假一起去抓蜻蜓。」他說。

『去哪裡抓蜻蜓？』我問，『為什麼沒找我？』

「去公園啊，可是她說會怕。」

『哈哈，果然失敗了。』我笑著。

「才沒有咧，她答應了。」史亞明得意地笑著。

『怎麼可能？』

「因為，我叫她不要怕，我會保護她啊。」

我轉回頭去，史亞明的笑容還留在我的眼睛裡面。

當天放學的時候，史亞明很開心，還請我吃了一支冰棒。我跟他

一邊舔著手裡的冰棒,一邊走過後校門旁邊的土地公廟,他的快樂感染了我,似乎這個暑假會一直都在這麼快樂的氣氛當中。

我們在土地公廟外面坐下,看著旁邊的伯伯在下象棋,還有一堆人圍在剛才我們買冰的地方等著買,爭先恐後地好像沒有吃到冰,人類就會滅亡一樣。

賣冰的老阿伯,不停點頭手也忙得不得了,左手一個冰棒,右手一支豬血糕。

「好好吃。」史亞明吃完了冰,舔著嘴唇。

『謝啦,改天換我請你。』

「你說的喔,不要忘記!」

史亞明走到土地公廟裡頭,把手中的垃圾丟進垃圾桶。

「喂!你看你看!」

他走回來的時候,用手肘推了推我的背。

『怎麼樣?』我轉過頭去。

不知道哪一班的男生,嘴裡叼著香菸,從裡面走了出來。我跟史亞明動也不敢動,愣在當場。

「你們怎麼在這裡?」賴俊龍說。

『吃冰啊,』我說,『不然能幹嘛?』

「吃香菸啊!」賴俊龍說。

『香菸不是用吃的好不好。』史亞明沒好氣。

「要不要來一點?」賴俊龍從口袋掏出了菸盒。

『借我看看,』我接過菸盒,『這是什麼菸?』

「來一根啊!」賴俊龍說,「試試看。」

『不必了,』史亞明一把搶過菸盒,還給賴俊龍,『抽菸也不會變成大人。』

賴俊龍聳聳肩,把菸丟在地上,腳踩了踩。

史亞明拍了拍我，把我拉離土地公廟。

『你剛才很酷咧，還抽菸也不會變成大人。』我說。

「那當然，我一直這麼酷。」

『你剛剛有沒有嚇一跳？』我好奇。

「幹嘛嚇一跳？」

『他抽菸啊！』我說。

史亞明踢了踢腳，踹起一顆石頭，讓它往前面滾了好一段距離。

「你沒有偷抽菸過嗎？」他問我。

『嗯……沒有。』我說，『你有嗎？』

「我也沒有。」他說，「想不想試試看？」

『你剛剛不是說抽菸也不會變成大人？』

「他不會啊，」史亞明抬著下巴，「但是我會。」

『會你個頭。』

升上六年級那個暑假，我跟史亞明第一次嘗試偷抽菸的感覺。

那個畫面鑲嵌在我的腦海中，也許是我小時候最痛苦，也是最有意思的回憶。

沒經驗的我們，光是點菸就花了好長的時間。

我還記得吸入的第一口，熱辣辣的空氣嗆得我口水鼻水直流。史亞明不停地咳嗽，沒兩秒鐘我們就放棄了當大人的機會。

原來要當大人沒那麼容易，還得經過很多痛苦。

還有鼻水，口水。

當大人沒有那麼容易，更難的，是重新當回小孩。

一九八七年夏天，距離現在已經好久、好久了。

如果人生永遠可以像這個樣子，往前跑過一段路，再回過頭來

看，不知道會發生什麼不一樣的事。可惜活在這個時候的我，眼前的東西永遠沒辦法像這樣子回頭看。

　　小學最後一年的時間，就好像破了一個洞的窗戶一樣，風呼呼地吹，可是卻抓不到什麼東西。拿手擋在破洞的地方，以為可以擋住所有灑進來的東西，到頭來什麼也沒辦法抓住。

　　暑假結束之後，史亞明失戀了。

　　黃珮君已經有喜歡的人，而那個人不是史亞明。

　　「我們去抓蜻蜓的時候她跟我說的。」史亞明垂頭喪氣。

　　一次在上體育課的時候，我跟黃珮君分在同一組。大家輪流拍著籃球的時候，我走向前去問黃珮君。

　　「我不喜歡他。」她說。

　　『為什麼？』我問，『他很喜歡妳。』

　　「沒有為什麼，你不要這樣問我。」

　　黃珮君的臉『唰』地紅了起來。

　　『那妳喜歡誰？是賴俊龍嗎？』我問。

　　「你不要問我啦。」

　　黃珮君的嘴角撇了下來，整個臉脹紅，轉過身去離開人群。

　　我自顧自地拍著籃球，黃珮君坐在樹下低著頭，Apple 在她的旁邊。

　　過了一會兒，Apple 走到我的面前，拍掉了我手上的籃球。

　　「你幹嘛欺負珮君？」Apple 問我。

　　『我沒有啊，我沒欺負她。』我退後了一步。

　　「那她為什麼在哭？」

　　『我怎麼知道。』

　　我撿回了籃球，在原地拍著。

「你去跟她道歉。」Apple走了過來，拉著我的手。

『跟我沒有關係啊！』我無奈地說。

「可是她跟你講完話就哭了啊！」Apple口氣並沒有不高興，像說著很稀鬆平常的事一樣。

我搖搖頭，抱著籃球吐了一口氣。

「你去跟她說一下，這對她來說很重要。」Apple盯著我：「拜託你，不要讓她這麼難過。」

我還是呆在原地，前進也不是，後退也沒路。我不知道該怎麼反應，但實在找不到一個理由，走過去跟黃珮君道歉。

我甚至不知道自己錯在哪裡，又為什麼會犯錯。

「不然這樣，我跟你猜拳，你輸了就去跟她道歉，這樣好嗎？」

Apple看著我，嘟著嘴似乎有點不知所措，我點點頭。

「剪刀、石頭……布！」

Apple出了剪刀，我本來想出石頭，可惜我習慣了輸給她。

於是我出布。

「你輸了！」Apple笑容掛上了臉，「快去快去！」

深呼吸一大口氣，只好無奈地搖頭。

我走到黃珮君的面前，或許不能說走去，應該說是Apple拉著我過去，黃珮君還是低著頭，我聽得見她啜泣的聲音。

「快說啊！」

『黃珮君……』我小聲地。

「大聲一點嘛！」Apple說著，黃珮君也同時抬起頭看著我。

『對不起。』我說。

「珮君，張文杰過來跟妳道歉了。」Apple說。

黃珮君哭紅了眼，我實在不明白我到底做錯了什麼。她點點頭，

用袖口擦了眼淚，馬上又低下頭去。

Apple微笑看著我，一手抓著黃珮君的手。

「你很守信用喔。」她說。

『喔。』

我掉頭準備離開的時候，Apple走上前來，拉著我的衣服。

「你下次不要這樣跟她說話，好嗎？」她說。

『我沒說什麼啊。』我呢喃著。

我始終搞不懂爲何黃珮君的反應這麼大，而我也沒有告訴史亞明這天發生的事。我不想讓Apple失望，所以我又再一次地猜拳輸給了她。然而那並非我本來就想做的。

從那天之後，黃珮君只要看到我，就會快步離開。

即使社會課分在同一組，她也一句話都沒跟我說，好像只要靠近我，身上就會爬滿了螞蟻一樣，渾身不自在。

失戀的史亞明倒是豁達得不得了，剛開始還會上課講到黃珮君就嘆氣，沒多久好像連他自己都忘了曾經喜歡過黃珮君一樣。

「沒辦法，她不喜歡我啊！」史亞明面對我的疑惑，這樣回答我。

『所以你就放棄了？』

「男兒志在四方，不可以爲了五斗米折腰。」

『你又用錯成語了啦！』

哪有人把女孩子比喻成五斗米？眞是天兵。

史亞明對黃珮君的愛，很快就被時間帶走。這樣來得快，去得也快的愛，恐怕不是眞的愛，而是一種表象的喜歡而已。

即使討厭賴俊龍的誘因已經結束了，史亞明還是很用力地討厭賴俊龍。我問過他爲什麼還這麼討厭賴俊龍，十三歲的史亞明告訴我：「喜歡一個人不需要原因，討厭一個人當然也是。」

的確如此。

所以我想黃珮君討厭我，大概也沒有理由吧。

就如同她被我惹哭了，卻沒有原因一樣。

其實這個原因後來我稍微了解，但那已經是國小畢業後的事了。整個六年級，我就在一種奇怪詭譎的氣氛當中度過。

不管走到哪裡，總覺得自己應該稍微躲著黃珮君比較好，免得看見她避開我的大動作。

自己都懷疑是不是我太可怕，使得她討厭我到這麼巔峰的地步。

也許因為黃珮君跟 Apple 感情很好的原因，我也幾乎沒辦法跟 Apple 有所交集。當我還是習慣性轉頭看著 Apple 的時候，會覺得自己又更遠了一點。

我終於忍受不住了，就把那天的事情告訴史亞明，包括我問黃珮君為什麼不喜歡史亞明的事。我原先以為史亞明會很生氣，沒想到他只是很興奮地湊上前來。

「她怎麼回答的？」史亞明問我。

『你不要問我。』我說。

「不問你我怎麼會知道？」他說。

『就你不要問我啊！』

「趕快說啦！」我氣得巴了史亞明的頭一拳。

『她說，叫我不要問她，懂了沒！笨蛋。』

「喔……」史亞明恍然大悟，「那不是等於沒問嗎？」

『這就是奇怪的地方啊。』

針對這件事，我跟史亞明討論了很久，終究還是找不到答案。

那天之後，史亞明似乎重新燃起了希望，又開始殷切地在上課中望著黃珮君。

一天下課時間，大家在走廊上玩扯鈴的時候，大家圍著賴俊龍，看著他表演大鵬展翅，把扯鈴往前拋又很快速地接回手上，幾乎所有人都發出讚嘆的聲音。而那個時候，我發現黃珮君並沒有在人群中，而是在一旁與 Apple 坐著聊天。

　　「你看，她沒有圍在賴醜龍的旁邊當笨蛋。」史亞明開心地說。

　　『我看到了。』

　　除了我跟史亞明之外，唯一沒有圍過去看賴俊龍表演的，就剩下 Apple 跟黃珮君兩個人，顯得相當突兀。

　　走廊響起陣陣驚嘆聲，還夾雜著幾個女生拍手的聲音，黃珮君似乎被聲音驚動了，抬頭看了一下，發現我跟史亞明也盯著她看，很快地低下頭去。

　　Apple 伸長了脖子，往人群的方向瞄了一眼，我的胸口緊緊的。

　　「我覺得應該還有機會。」史亞明說。

　　『你是說跟黃珮君？』我問。

　　「嗯，她應該沒那麼喜歡賴醜龍。」

　　『你不要一直叫他賴醜龍啦。』我笑了出來。

　　「你覺得咧，我還有沒有機會？」

　　『應該吧，我也不知道。』

　　我說完，眼神飄向 Apple 的方向，剛好 Apple 也往我這邊看，我心虛地低下頭。

　　「不知道什麼時候才會有答案。」史亞明喃喃自語，像說給自己聽一樣。雖然如此，卻深深烙印在我的腦海。

　　答案後來應該算是揭曉了，在畢業典禮這一天。

　　我的小學生活結束的同時，我覺得有點感傷，卻沒有哭出來。

　　也許我不知道為什麼大家都這麼難過，只知道畢業之後，我就要

去讀國中。

那一天我拿到了校長獎，Apple成績最好，拿到了縣長獎。

第二名的議長獎，是黃珮君。

第三名是誰，我其實已經記不得了。總之不會是史亞明這個笨蛋，也不是賴俊龍。

那一天，Apple收到了很多束花以及禮物，看來班上原來有很多男生都很喜歡她。

可惡。

男孩子裡面，不用說拿到最多禮物的，就是賴俊龍。

可憐的史亞明，連一束花都沒有拿到，忿忿不平。甚至到了很多年之後，史亞明還把這件事當成人生最重大的恥辱之一。

而我，收到一個小禮物。

一個填充玩具，搖晃的時候會發出『唧、唧』聲音的小玩具。

禮物的吊帶上綁著一張小卡片，上頭的字跡有夠漂亮，大概是我這輩子看過最漂亮的字了。卡片上面寫著簡單的幾個字：

謝謝你，我覺得你是會保護女生的人。

陳艾波

我收到卡片的時候，隱約還感受到四年級那天，Apple在我面前掉下眼淚。還有那天之後，老師對我的責備。

我想尋找Apple的身影，四處看了半天，都沒見到她。一轉過頭，黃珮君在講桌的旁邊，我跟她四目相交之後，她很快地低下頭。

我手拿著小玩具搖晃著，低下頭看了看手裡的花。

那時候的我不曉得那是什麼花，哪怕我現在拚命回想，也沒辦法記得。只知道那束花裡頭也夾了張卡片。

而那張卡片，署名的人是黃珮君。

 我也希望自己的愛，很快被時間帶走。
那樣也許就不會那麼悲傷。

『我真的是會保護女生的人嗎？』我這樣問自己。

Apple給我的小玩具，是一隻小獅子，頭上繫著一個鐵鍊子，可以掛在書包上的那種。搖晃的時候會發出「唧、唧」的聲音，以那時候的我來說，差不多比手掌大一點的Size。

當我難過的時候，我會把小獅子拿出來，搖晃個幾下，讓小獅子替我打打氣，好像透過這個動作，所有的勇氣都回到我身邊一樣。

畢業典禮結束之後，我請史亞明吃冰棒，土地公廟前面的老阿伯，還是推著那台破舊的推車。

我們坐在老位置，中午過後的太陽烤得地板都冒出了熱煙。嘴裡吃著冰涼的冰棒，我捧著一束花，史亞明兩眼無神看著前方。

我突然覺得這個場景有點亂了，多了很多不一樣的滋味，嘴裡是冰涼的，除此之外一片的沙漠。即將離開小學校園的我們，好像也準備離開這個沙漠一樣，在這樣的盛夏。

「我們跨出了一大步，卻是整個人生的一小步。」史亞明說。

我驚訝著，從他的口中跑出這麼深奧難懂的話語。

也許，懵懵懂懂的我們跨出了一小步，在那個時候的確是一大步。

『也許吧，終於長大了。』我說。

「沒錯，阿姆斯特丹登陸月球的時候，一定也這麼想。」

『登陸月球的是阿姆斯壯。』我說。

「一樣啦，一樣。」

我把最後一口冰吃下去，還將冰棍上面舔了乾淨。走到垃圾桶的地方，把冰棍扔下去，因為動作太大，手裡花束裡面的水灑了些出來。

史亞明呆望著我，咬著冰棍半天不說一句話，我感覺自己開始冒汗。

『你幹嘛這樣看我？』我問。

「唉……」史亞明嘆了一聲，「沒想到你終於請我吃冰了。」

『我是個守信用的人。』我說。

「你手裡拿的那個是什麼？」

史亞明開口問我，我驚慌失措像被蒼蠅拍趕跑的蒼蠅。

『這個……』我看了看手上的花，『這個是……』

「該不會是……」史亞明拿起書包，舉起一個小玩具，「這個吧？」

我看著他手裡的大象，點點頭：『陳艾波給我的。』

「沒什麼，我也有。」他說。

『靠。』

史亞明眼睛直盯著我手裡的花，我覺得渾身不自在，彷彿阿兵哥正瞄準著動來動去的獵物，而扳機上的食指也蠢蠢欲動。

「我看陳艾波其實挺喜歡你的。」他咬了咬冰棍。

『別亂說。』我不好意思地低下頭。

「不然她怎麼會把那個送你？」他下巴抬了抬，指著我手中的小獅子。

『我怎麼知道。』

我皮膚有點疼。

也許是夏天熱辣的空氣造成的，又或許因為史亞明屠夫般的眼神盯著我，也可能因為他一直不開口問我這束花的尷尬氣氛。

「老實跟你說，其實我有買花送給黃珮君。」他說。

『眞的嗎？』我顧作鎮定。

「沒錯。」他點點頭。

『是喔，我怎麼沒看到……』

「沒看到他手中有花是吧？」

我點頭，想迴避他的眼神。

　土地公廟前賣冰的老阿伯的推車，響起了『把噗、把噗』的聲音，好像把安靜的空氣畫破了，血淋淋地讓布景垮了下來。

「你覺得我還有機會嗎？」史亞明問我。

我看看手裡頭的花，聳聳肩不置可否。

「你知道我買的花跑哪裡去了？」他說。

『不知道啊，你沒送給她嗎？』我問。

「沒有，」史亞明搖搖頭，「說出來你不會相信，我送給賴俊龍。」

『什麼東西啊？』

我大吃一驚，頭撞了後面牆壁一下。好痛。

　史亞明是被鬼附身了，還是突然間變成女孩子，怎麼會把花送給賴俊龍？我一邊搓揉著後腦杓，難以置信地看著他。

「我就說你不會相信吧。」史亞明得意地笑著。

『給我一個好的理由。』我站起身。

「幹嘛那麼激動，又不是你的花。」史亞明說完，看了我手裡的花一眼。

『到底爲什麼？』

「因爲黃珮君。」他咬咬嘴唇，「或者……因爲你。」

『我？』我瞪大了眼。

　史亞明站了起來，把我推回椅子上，將我手裡的花拿了起來。

「好漂亮的花，這是什麼花？」

『我也不知道，』我說，『喇叭花吧。』

「我還中華豆花咧，喇叭花。」他白了我一眼。

『隨便啦。』

「這花……是她送你的對不對？」

『我……我也不知道，不然我拿去還黃珮君……』我急了。

「我又沒說是黃珮君，這麼緊張。」他說，「我還希望你說陳艾波。」

『跟我沒有關係啦，拜託，是她……』

「這就是為什麼我要把花送給賴俊龍囉。」

我聽傻了，完全不懂這當中有什麼關聯。我下意識搖搖頭。

史亞明坐了下來，把花拿在手上看了又看，看了又看。

他告訴我，其實他挺喜歡黃珮君的，只因為她長得可愛，功課又好，說話又溫柔，寫字又漂亮，又不會兇巴巴。

「只是喜歡而已，沒辦法持續很久的那種喜歡。」他說。

他買了花，準備走到黃珮君跟前，前一天晚上已經想好了所有的台詞，希望在畢業典禮的時候，可以打動她。

一切都準備好了，直到史亞明看見黃珮君手上的那束花。

「我躲在人堆裡面，想看她手上的花是誰送她的，或者是她要送誰的。」史亞明說。

沒錯，那束花就送到我的抽屜裡。就是現在他手上捧著的那束。

「那個時候我就知道了，超級知道了。」他說。

『對不起。』我說。

「幹嘛跟我道歉，白癡喔。」史亞明罵著。

我很少看見史亞明這麼認真地說話，即使他的口中偶爾會出現一

些莫名有道理的話,但卻都是很輕鬆的表情。

但現在不是。

他告訴我,他不把花送給黃珮君,是因爲他已經明白他沒機會了,而他從來都不會『爲了五斗米折腰』。

『那幹嘛把花送給賴俊龍?』我好奇。

「因爲我對他很抱歉啊,把他當成假想敵這麼久,原來是一場誤會。」

我聽到假想敵三個字,胸口抽動了一下,不知道該接什麼話。

「哇咧,他看到我送給他花,高興得跟什麼一樣咧。」

我想像著當時的畫面,忍不住跟史亞明一起抱著肚子笑了起來。

「有些事情是不能勉強的,所以我唯一能做的,」他說,「就是放棄。」

『這句話你是哪裡聽來的?』我問。

「水滸傳啊,本來想被拒絕之後說給黃珮君聽,沒想到卻說給你聽。」

『你眞的有夠無聊。』

我說完,他哈哈大笑了起來:「我就是無聊啊。」

我們打鬧了一會兒,土地公廟外面『把噗、把噗』的聲音也沒停過。

『再吃一支冰吧,我請你。』我說。

「你撿到錢喔?」他說。

『沒有哇,就請你嘛,不想吃就算了。』

我話才剛說完,史亞明已經先我一步走到老阿伯的車子前面。我搖搖頭,這個王八蛋,嘴裡說不要,動作倒是挺老實的。

我們大口、大口吃著冰棒,童年的夏天大概就要這麼結束了。跨

過這一天，童年就變成了少年，夏天也不會有無憂無慮的味道了。

「阿杰。」史亞明嘴裡吃著冰，呼嚕呼嚕地叫著。

『幹嘛？』

「你還記得嗎，我是轉學生。」

我點點頭。

「你還記得我是幾年級轉過來的嗎？」

『記得啊，』我說，『三年級。』

「阿杰。」

『幹嘛？』我沒耐心地說。

「我只有你這個朋友。」他說。

『喔，然後咧？』我說。

「我沒有朋友的時候，只有你跟我玩。」他說，

「所以，不管發生什麼事，我一定都會站在你那邊。」

『站我這邊？』

「沒錯。」他拍拍我的頭，我哀嚎了一聲。

『很痛啦。』剛剛撞到的那個地方。

他笑了。

於是我們兩個小毛頭，呼嚕呼嚕地把第二支冰棒吃掉。這個時候，總算有了畢業，即將要離開的感覺。

在我什麼都還不懂的時候，就要面對分別的感覺。所幸，我還有這個朋友。

他說，他只有我這個朋友。

吃完冰之後，史亞明猥瑣地湊到我的眼前。

「花借我抱一下好不好？」

『拿去吧。』我無所謂。

史亞明抱著花，轉了幾圈，很開心的樣子。

沒多久，他又湊到我的眼前。

「要不要再試一試？」他掏出了一包長壽菸。

『現在喔？』我看了看四周。

「要不要？」他挑挑眉。

於是我們又點起了菸，第二次。這一次我們真的有長大的感覺，畢竟都踩出小學的校門，身分也不同了。

我們挑戰上次的兩秒鐘放棄，這次我們將一根菸抽到差不多了才熄掉。

還是一樣，口水加上鼻水。史亞明咳嗽的聲音不止。

我們兩個人抽完菸之後，攤坐在土地公廟的椅子上無法動彈，頭暈目眩。整個人輕飄飄的，好像腳踩在雲上面，我們都變成了孫悟空。

當然，以長相來說，史亞明比較像孫悟空。

這一天之後，我們長大了一點，也只有那麼一點而已。畢竟長大這種東西，是在不知不覺當中出現的。

我們坐在土地公廟的椅子上，頭暈目眩，史亞明閉上眼睛，手裡抱著黃珮君送給我的那束花。我從口袋裡拿出小獅子，搖了幾下，發出『唧、唧』的聲音。

把小獅子放回口袋的時候，我摸到了一張小卡片。

張文杰：

我很喜歡你，希望你不要忘記我。

之前艾波要你跟我道歉，真的很對不起。

勿忘我。

珮君

卡片被我塞在口袋裡頭，從此我再也沒看過一眼。

很難形容的心情，在我十三歲，什麼都不懂的年紀。

🍎 我只有你一個朋友，永遠不離、不棄。

熄了菸之後，史亞明跟我一起離開了山頂國小後校門的土地公廟。

跟他揮手道別的時候，我捧著黃珮君送我的花，看著他離開的背影。好像在那麼一瞬間，童年也跟我告別了，拖泥帶水，不乾不脆。

就這樣一點緩衝期也沒有，我換上了國中制服。

史亞明跟我的學區不一樣，升上國中之後我們注定要分開。於是我離開了生命中第一個可以算是『朋友』的人。

在我生命中算得上有重量的人，都在畢業典禮之後離開了我。

賴俊龍去向不明。

史亞明讀不一樣的國中。

我開始覺得國中的校園太大，大得讓我搜尋不到熟悉的臉孔。唯一讓我尋獲的，說來尷尬，竟然是黃珮君。

巧的是，她竟然在我隔壁班。

開學沒幾天，我在教室門口遇見黃珮君，只見她低著頭，牽著另外一位女同學的手，快步離開我的視線。我呆在當場，舉起來準備打招呼的手，晾在空氣當中，有些難堪。

對於國中生活的第一個印象，除了嚴格之外，還是嚴格。

第一次升旗典禮的時候，我印象深刻，因為班上一個男孩子上衣沒有紮進褲子裡面，全班被懲罰『鴨子走路』操場一圈。

相信我，鴨子走路十公尺，就會讓人想把腳砍斷。而我們的操場，總共有三百公尺。

第一次的震撼教育，我頂著一頭的汗水，蹲姿走完操場一圈的時

候，我很想衝上前去扁訓導主任兩下。

　　國中的校園太大，走完一圈已經很辛苦，我們卻要蹲著走。我就這樣帶著一身慌張的心情，正式告別了童年。

　　我忘了說，可能因為班上有個性的男生多了點，據說我們創下了有史以來，鴨子走路里程累積速度冠軍。

　　每當我賣力地學鴨子，總會感覺到有個視線在不遠的地方看著我。只是感覺而已。

　　「明天要小考，考不好的準備吃棍子。」說這句話的，是被班上同學戲稱為女魔頭的國文老師。

　　老實說，我一點也不討厭她，即使她每次抄起藤條揍我們的時候，咬牙切齒的樣子，好像我們欠了她幾棟房子一樣。但是我不討厭她，一點也不。

　　這或許跟我當國文小老師有關吧！

　　我實在不懂，我為什麼要在這個小方塊裡頭，搞懂畢式定理，三角形內角和，以及一元二次方程式。一向功課相當不錯的我，竟然開始擔心自己的成績。

　　我發現走出國小校園，竟然遇見好多成績比我好，比我會念書的人。我感到很訝異。但是怎麼訝異也沒有用處，我還是必須在課本、講義、考卷當中活下來。

　　還有藤條。

　　我的導師在剛開學的時候，因為懷孕請假了一些日子，一直到某一天才第一次見到她。因為導師教的是數學，我也沒來由地討厭起數學。不知道什麼原因，就是討厭。

　　每次數學課結束，我會走出教室，從二樓走廊上往下看。

　　一堆跟我一樣一年級的同學在底下走著，很難想像沒多久之前，

他們還是無憂無慮的國小生。跳過了一個關卡，整個身分都不同了。

我很努力維持自己的成績，不想成為那個被修理的人，可是總發現，沒辦法像以前一樣，上課隨便聽一聽，考試前確認考試範圍，就可以得到高分。

我持續地慌張。

偶爾我觀察班上成績好的同學，卻沒有從他們的臉色中，發覺跟我同樣的神情。我開始懷疑，是不是只有我一個人，這麼驚慌失措，這麼莫名其妙。

慌張的程度，開始以等差級數向上延伸。

學期開始的前幾個月，嚴格說起來，我是沒交到什麼朋友的。

我是一個彆扭的人，很難開口跟人說話，當別人主動開口，我又畏畏縮縮。

不知道為什麼，只有史亞明主動跟我說話，我沒有一點不舒服的感覺。這麼想的時候，我發現自己已經離過去好遠了。

我想念在樓梯間玩猜拳的時候，我想念在土地公廟跟史亞明拔別人腳踏車上的彩色小圓珠。還有賴俊龍驕傲的神情，黃珮君害羞的臉。

以及 Apple。

後來我遇到了，不，不能說遇到，應該說我交了一個好朋友。蕭屹靈。

我是一個不算多話的人，生命中遇到第一個話比我少的，大概就是他。我從沒想過，有這樣的一天，我跟一個人交談的時候，必須拚命想話題，否則很快就會兩個人大眼瞪小眼，一陣安靜。

國中女生喜歡手牽手去上廁所，其實男孩子也一樣，差別在於少了牽手這個動作。下課時間我會拉著蕭屹靈一起去廁所，即使他沒有尿意，還是會點點頭，跟我一起走出教室。

他是這樣的一個人。

他的成績相當不錯，我們在一起除了討論作業、考試之外，其實也沒其他話題。不談大家喜歡的籃球，也很少提到女孩子方面的事。

「那個女生……」中午吃飯的時候，蕭屹靈看著我。

『嗯？』

「你有沒有發現，那個女生會在我們班門口徘徊？」

我往門口看去，沒看到什麼特別的人，於是我搖搖頭。

「你沒看到嗎？」

『沒注意過。』我說。

「好吧，大概是靈界來的朋友吧。」

那一天晚上，我找了畢業紀念冊老半天，找到史亞明的電話。

『我們學校運動會，你要不要來？』

透過電話線，有點生疏的聲音。

「運動會？什麼時候？」

『這個禮拜天。』我說。

「廢話，當然去啊！」

到這一秒鐘，我才回到那年的土地公廟前面，找到原本的史亞明。我們開心聊著學校發生的事，他的，我的。

「聽說賴俊龍去台北念書了。」他說。

『真的嗎？』我問：『搬家了啊……』

「哇咧，我們學校以前的同學無敵少。」他的聲音有點無奈。

『我這裡還好，雖然認識的沒幾個。』

我說完之後，空氣好像突然變成固體一樣，電話線的那一端沉默了好些時候。

『幹嘛不說話？』我說。

「那個，黃珮君……好嗎？」

『嗯，應該還不錯。』

「有沒有變漂亮啊？哈！」

『這個我就不清楚了。』

我知道，一直在門口徘徊的那個女孩子，不是靈界來的朋友，也不是水鬼抓交替。我看了很多次，可惜她總是匆匆離開，低著頭。我連跟她說上話的機會都沒有，只知道她一直安靜地存在著。

只隔了一道牆，幾步之遙。偶爾拉長耳朵，還可以聽見從他們班上傳過來上課的聲音。

我跟史亞明約好了在校門口碰面，可惜這場運動會，他爽約了。當天我有比賽，蕭屹靈是幹部，所以必須在班上待命。

這是我第一次參加個人的比賽，鳴槍之前我的心臟幾乎快要跳出來。我深呼吸，蹲著的身體明顯在發抖。

這個時候，我卻很懦弱地想起了 Apple，跳繩比賽時候的 Apple。

「你跳得很快喔！」Apple 那時這樣對我說。

比賽是怎麼結束的，我忘了，只記得喘息，耳邊還有司令台麥克風的朗誦名單的聲音。

令人意外的，我得到銅牌。領完獎走回班上的休息區，老師拍了拍我的肩膀，給我一個讚許的眼神。

我低下頭，快步走回座位。

「有人拿來給你的。」蕭屹靈遞給我一罐運動飲料。

『誰拿來的？』史亞明？

「一個女生，個頭小小的，好像是隔壁班的吧。」

蕭屹靈側著頭想了一會兒，指著隔壁班的區域。我順勢轉過頭去，看了看隔壁十九班的座位區。

不知道哪裡來的勇氣，我走到十九班的區域裡頭，找到了黃珮君。

『黃珮君！』我大聲地喊。

「啊？」她轉過身來，臉紅通通。

『這個……是妳給我的？』

她點點頭，咬著下嘴唇。旁邊綁著兩根辮子的女孩子，推了她一下。黃珮君的臉更紅了。

『謝謝妳。』我站在她的面前，拿著運動飲料。

「不會啦。」她還是低著頭。

『嗯……史亞明今天本來要來的，不知道為什麼沒來。』

「喔……」她微微抬頭看著我。

『謝謝妳，真的。』

我在她面前仰起頭，咕嚕咕嚕喝起運動飲料，其實心跳得很快。黃珮君一如往常，害羞得沒說什麼話。

我聳聳肩，準備走回自己的座位，綁著兩根辮子的女孩叫住我。

「張文杰！」

『有！』我回過頭。

「她有話跟你說。」

她指了指黃珮君，黃珮君推了她一下，一臉的紅。

『什麼？』我又問了一次。

「你剛剛跑得很快。」黃珮君說。

『喔……』我抓抓頭。

「你跑步的樣子，很好看。」

說完，黃珮君就拉著兩根辮子的女生，快步跑開。

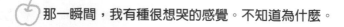那一瞬間，我有種很想哭的感覺。不知道為什麼。

第
4
章

我認為，沒道理青春自己擅作主張給了我們翅膀，
又逮到機會讓我們重重摔到地上。
於是我在天上的時候，喜歡往下看。
回到地面上之後，則喜歡抬頭不讓眼淚掉下來。

「我怕我會忍不住跑去找黃珮君。」史亞明嚼著口香糖對我說。

『那又怎麼樣，去找她啊！』

「怪怪的。」

因為怪怪的，所以史亞明爽約了。我沒什麼情緒反應，反正我從來也沒有猜透過史亞明這個人。

基本上，我從沒猜透過任何人。

除了自己之外。

運動會結束之後，我的腦袋一直有句話跑來跑去。

「你跑步的樣子，很好看。」

「你跑步的樣子，很好看。」

「你跑步的樣子，很好看。」

這句話是讚美吧！

不知道為什麼，重量有點偏差，不知道少了點什麼。

我總會想起 Apple 睜大了眼睛，拿著跳繩告訴我：「你跳得很快喔。」

這兩句話對我來說都是稱讚，各自放在天秤的兩端。

Apple 的那一邊，沉甸甸，而黃珮君那裡卻上上下下擺動著。

差了點什麼？

或許我本來就不該將這兩個不一樣的東西，放在天秤上。

那一天之後，我在走廊上遇到黃珮君，她會害羞地跟我打招呼。我還是那個彆扭的樣子，點點頭像個孬種。

「你很討厭那個女生嗎？」蕭屹靈問我。

『不會啊，她是我國小同學。』我說。

「感覺你很討厭她一樣。」

『怎麼可能，別胡說。』

「不然就是你喜歡她。」

我推了蕭屹靈一下。『幹嘛這樣說？』我好奇。

「通常不都是這樣嗎？」

我摸著下巴。

通常是這樣的嗎？什麼又是『通常』呢？

我搞混了，不過我也沒太多的時間搞混。

國中的課業愈來愈繁重，尤其身處升學班的我們。

老師總是跟我們說，國中的時候用功念書，就會考上好的高中。

那考上好高中要幹嘛呢？可以考上好的大學。

結果呢？好的大學會帶給我們什麼？

好的人生？好的未來？我沒有時間搞懂這一切，只是在大家所設定的範圍內，做好該做的事。

可惜段考的時候，我沒做好我該做的。我考了全班第八名，雖然不是倒數，但這卻是我最差最差的成績。我從來沒有這麼瞧不起自己過，然而這一次，我發現自己實在很糟糕。發考卷的時候，老師狠狠地拿藤條打了我十二下，我紅腫的手心雖然痛，但更痛的，應該是我的自尊心。

蕭屹靈考第三名。

隔壁班的黃珮君，也是第三名。不過是全校第三。

升旗的時候，黃珮君走上司令台領獎狀，接受全校同學的表揚。我有種噁心不舒服的感覺，不知道該怎麼宣洩。

我覺得自己是個遜砲。

「你應該只是遜槍。」史亞明對我說。

遜槍也好，遜砲也好，總之我遜了。

接下來的日子，我卯足了勁努力K書，上課也拿出平常一百倍的

認真，寫考卷也總是反覆不停檢查。

下一次的段考，我還是沒有拿到前三名。

我簡直難過地想殺了史亞明。

「關我什麼事？」電話那頭的史亞明問我。

『該殺的人太多了，就先殺你吧。』

「這是什麼話？」史亞明笑了。

我發現我在數學這個科目上面，實在有心無力。不管我怎麼努力，每次發下考卷，都讓我降半旗哀悼自己死掉的分數。

唯一表現好的，只有國文。當大家被女魔頭扁得死去活來，只有我一個人好好的，沒有被女魔頭的藤條招呼過。

每次看到大家被女魔頭打，其實我心裡都有點暗自慶幸。還好我的國文強。相反的，當我被導師扁的昏天暗地，我就很羨幕蕭屹靈每次轉轉筆，數學就可以拿到無敵高分。

『真羨幕你數學這麼好。』我說。

「你的國文也很好啊！」

『國文好有什麼用？』

蕭屹靈想了好一下。

「可以當古人，古人的國文都很好，咬文嚼字的。」

『意思就是我應該去當死人就對了。』

他點點頭。

我覺得很無力。好像不管我怎麼努力，都沒辦法考出好的名次。我開始懷疑自己，是不是不像自己想得這麼優秀，不是這麼聰明。

那一陣子，會『唧、唧』叫的小獅子，拿在我手上的時間多了。

每次拿出小獅子，隨著搖晃發出來的聲音，我都會很想知道，Apple這個時候在什麼地方。會不會跟我一樣，也為了課業苦惱成這

個樣子？

　　差不多就在那個時候，我在老師發的參考書上，看見了《莊子‧盜跖篇》。當時，我只是很直覺地將這篇文章記了起來，對裡面的意思沒有太多的想法。

　　我想我不會知道，在很久之後，這段話對我來說，有多麼重要。

　　因為這個時候的我，還沒意識到自己是魚。

　　而那水，還在很遠的一方。也許永遠都不會靠近的地方。

　　當時的我，對於『想念Apple』這件事，只是當作不小心會發生的動作。身邊的動作太過緊湊，沒有緩衝的機會讓我浪費。

　　我不斷承受著沒辦法考進前三名的挫敗，然後看著黃珮君經常上司令台領獎。

　　如果是Apple，她會像我現在這樣，還是跟黃珮君一樣呢？

　　我果然是個傷春悲秋的高手，一點小事都可以讓我思考半天。

　　可是日子還是這樣過去，沒有因為我的頹喪而停止，也沒有因為這樣加快腳步。

　　學期會結束，新的學期總會到來。

　　也許是我反應慢了一點，我開始發現每天早上到學校之後，我的抽屜都會整理得很乾淨，放在裡頭的書本突然整齊了，即使有垃圾，或者飲料罐子，也會在隔天不見。

　　『你有動過我的抽屜嗎？』

　　我忍不住了以後，我開口問蕭屹靈。新的學期換了座位，我跟他的距離稍微遠了一點。

　　「沒有哇，怎麼了，掉了東西了？」

　　『沒，沒事。』我搖搖頭，『總覺得有人動過我的東西。』

　　過了幾天，我做了個小實驗。我在抽屜裡放了幾團衛生紙，故意

將它揉成一堆、一堆，假裝擤過鼻涕一樣。

隔天到了學校，那些一坨一坨的東西，已經不見了。

我坐在位置上傻了眼。

所以有人要偷我包鼻涕的衛生紙就對了！我簡直不敢相信。

我開始胡思亂想，會不會有人拿走我的東西，然後到東南亞什麼奇怪的地方下蠱，然後讓我考試成績不好？我越想越生氣，放學的時候故意把抽屜弄得更亂，還塞了更多的垃圾進去。

蕭屹靈用狐疑的眼神看著我：「你在幹嗎？」

『真的有人動過我的抽屜。』我說。

當天放學，我拜託蕭屹靈跟我一起躲在教室後面，放掃除用具的櫃子裡頭。蕭屹靈勉為其難答應了，捏著鼻子，不停揮手趕著蚊子。

下午四點五十分放學，一直等到天都黑了，沒有人靠近我的桌子。連蒼蠅都沒有。

「你會不會誤會了？」蕭屹靈跟我爬出櫃子。

『不可能啊……我真的實驗過了。』連我都開始懷疑自己。

離開教室之前，我確認了自己的抽屜。真的沒有人動過。

我在隔天清早提早出發，撐著惺忪的眼睛提早到學校，校門口幾乎沒有學生的蹤影，連對面早餐店都沒有人排隊。

我走進學校，除了鳥叫聲之外，整個校園安靜得有點可怕。我躡手躡腳上了樓梯，害怕太大的聲音，會嚇到清靜了一夜的教室。

我輕輕推開教室後門，有一個人坐在我的座位上。旁邊站著另外一個人。我靜靜地看著眼前的兩個人，壓低聲音不知道說著什麼。

我靜悄悄推開了後門，走下了樓梯。

黃珮君坐在我的座位上，旁邊的那個是喜歡綁著兩根辮子的女生。當謎底揭曉的時候，我有點搞不清楚自己的心情。

當天放學的時候，我自己把抽屜整理乾淨，在裡頭放了張紙條。

離開學校之前，我感覺到那張紙條傳遞給我微弱的訊號。我察覺到了，但是我刻意忽略它。

只有這個樣子，才能讓我分辨出一點差異。

差了那麼一點點的重量。

謝謝妳幫我整理抽屜，以後請妳不要這樣做了。

第二天，抽屜裡頭紙條還在，不過換了一張。

那時候我才知道，Apple 錯了。我根本就不是會保護女生的人。我絕對不是。

紙條上寫著：

對不起，造成你的困擾。

又是一次的對不起。

我看著紙條，手裡抓著『唧、唧』叫的小獅子。

🍎 **當我發現自己有點殘忍，還以為自己效忠著某種信念。**
真可笑。

那一天之後，我便很少在走廊上遇見黃珮君。即使我跟她的距離，不過窄窄一道牆而已。

偶爾走出教室，不管怎麼四處張望，那個熟悉的身影都不像過去一樣時常出現在我的周圍。這時候我才發現，原本習以為常的巧合，有時候會成為很難實現的願望。

我又有一種慌了手腳的感覺。

我慢慢意識到這樣的自己很孬，卻忍不住原諒自己。

一次又一次。

上課看著黑板的時候，我發覺自己離那一年國小的教室，愈來愈遠。幾乎已經看不見輪廓了。似乎我把黃珮君存在於我的生活當中，替換成跟 Apple 的聯繫，而這個宿主一消失，我就開始手心冒汗。

這一次，慌張的程度以等比級數往上延伸。

課本還是在這種昏暗的天空下蓋了下來，不知道對我來說，究竟是好還是壞。

三角函數。

與妻訣別書。

Tom is talking to Bob。

秋風秋雨愁煞人。

或許我該慶幸，那時候的課業讓我沒時間停下來欣賞沿途的風景。但也因爲這樣，我錯過了太多美好的東西。

一九九一年，麥可喬丹拿下 NBA 總冠軍。那時候對我們來說，他是最接近神的人。那時候我壓根兒不知道，這個傢伙之後會直接變成神，主宰世界籃壇這麼久。

那一年我國三，每天聽著老師精神訓話，總而言之就是要考上一所好高中。考不完的試，背不完的書。這樣的日子裡頭，我替自己關上了一道門。

這段期間我偶爾會打電話給史亞明，跟他打打氣。言談過程中，我們很巧妙地避開了太多重量的東西。包括 Apple，包括黃珮君。

越接近大考的日期，每天回家看著書本，我反而有種不知道從哪裡讀起的感覺。

對於慌張來說，我可以算是箇中高手。於是我總坐在書桌前面裝忙，假裝自己認眞看著書，往往一個晚上下來，我只念完兩行歷史。

而隔天的考試科目，是生物。

　　我愈來愈依賴打電話給史亞明的時候，握著話筒的手，似乎可以讓我得到一些救贖。讓我免於自己怠惰的罪惡感。

　　我愈是這麼想，那種噁心的感覺就愈明顯。

　　我無力脫逃。

　　『史亞明。』我拿著話筒。

　　「還好吧？你聲音聽起來很累。」他說。

　　『有沒有空？』

　　「現在？」他提高了音量。

　　時間凌晨兩點四十五分。

　　我想要掙脫這片黑色的雲層，我想要呼吸。

　　『我們回去土地公廟，好不好？』

　　半小時後，我在土地公廟的椅子上，看著史亞明鬼祟地跑過來。

　　「要死了，我被我媽抓到就死定了。」

　　『這麼晚叫你出來，真對不起。』

　　「來不及了啦，你欠我一次。」

　　『我那麼守信用，一定會還你的。』

　　「不，」他搖手，「我要你一輩子欠我。」

　　『無聊。』我踹了他屁股一腳。

　　有好多年沒有回來土地公廟了吧！

　　我坐在熟悉的位置上，看著安靜無聲的夜晚。或者說，安靜無聲的夜晚，看著我們兩個半夜溜出來的壞孩子。

　　『史亞明，我問你一件事喔。』我吐了一口氣。

　　「說吧，不要問我英文就好，單字都背不起來。」

　　『你有沒有……Apple的消息？』

史亞明轉過頭看了我一眼，上下瞄了好一會兒。

「怎麼這個時候突然問這個？」

『好奇而已。』

「沒有，聽說她跑去讀私立國中了。」

『喔。』

「畢業這麼久了，現在才想到她？」

我搖搖頭，沒有回答他。

史亞明很識趣地沒有多問，左看右看不知道在找什麼。

黑夜底下的土地公廟，反而有一種可怕的感覺，總覺得太安靜了，安靜得讓人不敢說話。不知道哪個地方，傳來了一陣狗吠，我跟史亞明同時轉過頭去。

「你還記得我們在這邊做過什麼吧！」史亞明問我。

『記得啊，吃冰，聊天。』

「還有這個。」他掏出一包香菸，「來一下吧。」

『現在……這樣好嗎？』

他沒有回答我，自己點了菸抽起來。看他的架式，似乎很熟練這樣的動作。

我拍了拍他肩膀，也拿了一根菸。

『你開始抽菸了？』我點了菸，問著。

「不能這麼說。」

說完話之後，兩個人都安靜了起來。

我忍著鼻水，煙嗆得我覺得肺都要抽筋了。

史亞明看著我拙劣的動作，要笑不笑的表情看起來很欠揍。

「阿杰，」史亞明熄了菸。「你還好吧？」

『嗯，還好。』

「現在是關鍵的時候，不要胡思亂想。」

『我沒有胡思亂想。』我被煙嗆了一口,咳了幾聲。

「有什麼需要,一通電話,我馬上就到。」

『我知道。』

我踩熄了菸。

史亞明又點了根菸,我拒絕了他的邀請,閉上眼睛。

『我跟你講一件事。』我說。

「好哇。」

我深呼吸了幾下,感覺心裡有兩個小怪物在拔河。

一個叫我把話都說出來,讓心情舒坦一點,一個叫我把話吞進去,讓自己堅強一點。

最後,我把黃珮君替我整理抽屜,而我留紙條的事說出來。

史亞明『嘶……嘶……』地抽著菸,沒有說話。

我睜開眼睛,從他手裡拿走了菸盒,自己點了一根。

很遠的地方又傳來一陣一陣狗叫聲,好像有回音一樣,在土地公廟裡面回蕩著。

我幾乎看不清楚史亞明的臉,團團煙霧擋住了所有的視線。

「阿杰,我說過,你是我唯一的朋友。」

『我知道。』

地上有六根菸屁股。其中四根都是史亞明抽的。

「這個時候,你不要東想西想的。」

『我沒有東想西想。』

「你覺得你傷害了黃珮君嗎?」

我點點頭。史亞明不知道為何突然笑了,拍拍我肩膀。

「我覺得這種東西很難講,黃珮君很不錯啊,這麼可愛……」

『不是這個問題。』我說。

「你知道嗎？對你來說，永遠都沒有問題。」

『什麼意思？』

「不知道，我的感覺而已。」他說。

我覺得手銬牢牢困住了我的行動，我的動作受到侷限，呼吸不過來。突然之間我發現，我在跨出腳的時候，場景就已經開始交換。

「不喜歡她，要直接告訴她。」史亞明小聲地說。

『老實跟你說，我喜歡陳艾波，』我說。『到現在還是。』

「到現在？拜託，你都多久沒看到她了……」

『那你多久沒看到黃珮君了？』我反問。

「我……我現在喜歡別的女生了。」他結巴著。

『那你幹嘛這麼在意黃珮君？』

史亞明站起身，把菸盒丟在地上。

「黃珮君有哪裡不好？」

『這不是好不好的問題，』我說。『我很難解釋。』

史亞明手扠著腰，偏過頭去好一下子才轉過頭來。

「那你為什麼不老實跟黃珮君說就好了？」他問。

『我說不出口，覺得這樣會傷害到她。』

「你不說出來，更傷害她吧。」

『誰知道。』

史亞明跟我抽完了菸盒裡最後一根菸，兩個人一人一口。感覺差不多要天亮之前，我們匆忙離開土地公廟。

「阿杰。」史亞明叫住我。

『幹嘛？』

「不管怎麼樣，我還是會站在你那邊。」

『喔。』我點點頭。

「不要想太多了。」

這一次離開土地公廟，我帶著全身的疲憊。以及暈眩。

很快地，這一年也會結束，然後下一年會來。

我小跑步回家的時候，努力回想國小畢業典禮的時候，我跟史亞明吃的冰棒，到底是什麼口味。也許因爲抽了菸的關係，想了半天還是想不起來。

我想不起童年那根冰棒的味道。

然後就這樣，我的少年也要結束了。在菸味當中。

我躡手躡腳地打開家裡的鐵門，回頭看了即將日出的天空。我發現，太陽休息累了，終於也會出來。這個時候，星星特別黯淡。連月亮都不見了。

這樣日夜交替著，然後我就長大了。

永遠、永遠長大了。

🍎 天空啊。我還沒準備好的時候，你怎麼亮了起來呢？

有人說，青春是帶著隱形的翅膀，所以飛翔中的人，總不了解自己飛得多高，等到跌到地面上，才會習慣性望著天空。

我認爲，沒道理青春自己擅作主張給了我們翅膀，又逮到機會讓我們重重摔到地上。於是我在天上的時候，喜歡往下看。回到地面上之後，則喜歡抬頭不讓眼淚掉下來。

我就這樣在掙扎中，度過了人生第一個陣痛期。

我甚至不敢想像分娩之後，我會有什麼樣的果實。因爲在陣痛當中的我，始終沒有多餘的心力。

這樣的痛，老實說來自黃珮君。

大考逼近的時候，我喜歡跟著蕭屹靈到圖書館念書。不是爲了裝作自己很有氣質，只是因爲圖書館裡頭有冷氣而已。

我總在想，為什麼大考都得在這麼炎熱的夏天，而不選擇冬天？

　　夏天的某個下午，我在圖書館門口遇見了總是跟黃珮君走在一起的女生。她坐在圖書館前面的階梯上，手裡捧著一落的課本，還是綁著兩根辮子。

　　我猶豫著是否要從她身邊經過，還是乾脆先去福利社買個飲料，在籃球場上晃一晃，等到她離開那裡之後再走過去。我還沒來得及做出決定，我的腳已經把我帶到她的方向。

　　我努力假裝視而不見，經過她身邊的時候，忍不住看了一眼。

　　「哈囉。」她舉起拿著書本的手，跟我打招呼。

　　『嗯。』我尷尬地笑著。

　　「來看書嗎？」她也笑著。

　　『不，我來吹冷氣。』

　　她用食指捲著辮子，睜大了眼睛看著我。

　　我呆在原地，不知道該快步往前走，還是停下腳步跟她說上幾句。最後我點點頭，往圖書館裡頭走去。額頭上有斗大的汗珠。

　　「張文杰！」

　　『有！』我回過頭。

　　「考試加油。」她笑著。

　　『謝謝。』我尷尬地笑著。

　　「黃珮君要我跟你說的。」

　　踏上最後一個階梯之前，我停下了腳步。不知道哪裡來的勇氣，我走回辮子女生坐著的地方。

　　『幫我謝謝她。』我說，『也請她加油。』

　　她的表情不知道該怎麼形容，鼓著腮幫子嘟著嘴。

　　我正轉過身轉背離開，她又叫住了我。

　　「我可以問你一個數學問題嗎？」她說。

『數學？』我的數學不好，我猶豫了。

「嗯，」她說，「如果只有一個圓，要怎麼求出圓心？」

我想了好一會兒，額頭上汗珠愈來愈多。

『我……不知道。』我不好意思地說。

「喔，謝謝你。」她抿嘴。

走進圖書館之後，我努力從課本中找尋這個問題的答案。

『那個……』我快步走出圖書館，到那個女孩的面前。

「怎麼了？」

『剛剛那題的答案，我知道了。』

如果只有一個圓，要求出圓心的方法很簡單，只要在這個圓上面，畫一條線，通過這個圓的任意兩點。然後在這條線上，做一條垂直線。同樣的方法再做一次，兩條垂直線的交點，就是圓心。

我急著想把答案告訴她，說得結結巴巴的。

她一邊點頭，一邊笑著看著我。

「謝謝你。」她說。

『不會。』

「你知道嗎？」她站起身，「要求出一個圓的心，必須把整個圓切得支離破碎。」

『啊？』我張大嘴巴，『可是……只有這個方法而已。』

「真沒辦法，不是嗎？」說完，她跟我笑了一笑，轉身離開。

求出圓心必須把圓切得支離破碎，這點我從來也沒想過。不知道考試的時候，這個題目會不會出。

我每天回家的時候都會想起這個問題，然後對著鏡子發呆。

很快地學校的生活就要結束了，因為即將面對考試的關係，大家少了離情依依，只有不斷揮汗念書，埋首在一堆課本和考卷當中。

人生的第二個畢業典禮，就在這樣的氛圍當中，靜靜地發生，然後結束。

　　畢業典禮當天，我跟蕭屹靈躲在隊伍的最後面，看著大家鬧哄哄的集合，然後在口令之後排起隊伍。

　　好像日復一日，永遠都是如此。吵雜的人們集合起來，接著勉強排起隊伍，時間一到，大家跳起來拍手解散。

　　蕭屹靈的話更少了，即使等待的時間，他也從口袋裡拿出單字的小本子背著。我只是傻傻地坐著，聽著麥克風傳來的聲音，好吵。

　　典禮結束，回到教室拿好自己的東西，準備離開的時候，老師把大家集合起來，大家還是鬧哄哄的，過了好一下子才安靜。

　　可是這個時候，老師並沒有拿起藤條在桌子上敲打，讓大家安靜。我坐在位置上，看見老師偏著頭，等著所有人恢復安靜。那種感覺，就像看著誰的背影一樣。

　　我覺得老師不像老師，反而像是被拿走棒棒糖的小朋友。

　　「從今天之後，也許你們當中很多人的名字，會被我忘記。」

　　大家安靜下來之後，老師開口說話。沒拿麥克風。

　　「也許你們當中很多人，也會把我忘記。這都不要緊。老師只會待在教室裡面，不久之後會有你們的學弟、妹入學，然後我的生活又重複一次。你們呢？千萬要記住，你們不一樣。從今天開始，你們要往前走，看清楚眼前的路，踏出你們的腳步。不管你們選擇哪一條路，不要忘了，數線一路往前，終點會停在無線大，如果一路往後，就會變成無限小。我希望你們會是無限大。在我心中，你們永遠都是無限大。」

　　教室安靜得可以聽見自己的心跳聲。

　　班上一些女生開始哭了，我只覺得胸口熱熱的，像有什麼東西直往上竄一樣。

「考試加油，注意健康。大家再見。」老師一說完，頭也不回地往教室外面走去。這個時候，教室反而前所未有的安靜。除了一些眼淚的聲音。

就這樣，我走出了國中的校園。好像拿著刀子，從生命的數線上砍了一刀，接下來又得開始往前面走。

離開教室之前，我看著空無一物的抽屜，不由得發愣著。

我從書包裡拿出小獅子，握在手裡。不知道這個時候，史亞明會不會也跟我一樣，有一點點感傷。這是我最後一次穿著國中制服出現在校園裡頭。這一天的太陽很毒辣，制服幾乎要溼透了。

我在校門口遇見史亞明，我吃了一驚。

他穿著便服，騎著一台機車斜停在校門的右手邊。我走過去，一臉狐疑地看著他。

『你怎麼會在這裡？』我指著摩托車。

「來等你。」他得意地，「帥不帥？」

他按了幾下喇叭，刺耳的聲音讓我捶了他一拳制止。

『吵死了，不要發神經。』我說。

「騎騎看？」他身體往後仰。

『我不會。』

「我教你啊，很簡單。」他下了車。

『不要鬧了啦，你在這裡幹嘛？』

史亞明示意我上車，那是個還沒有強制規定要戴安全帽的年代。

我跨坐上去，摩托車『咻』的一聲就往前『噴』出去，我差點往後跌一個跟斗。

『騎慢一點。』

「沒辦法慢。」他回過頭來。

『煞車壞掉了喔？最好沒有辦法慢。』

「有人在等你，要快。」

『誰在等我？』

車子停在一間泡沫紅茶店門口，史亞明坐在車上點起了菸，遞給我。

『誰在等我？』我吸了一口。

「進去就知道了。」他把菸拿回去，催促著我。

我走進店裡，臉上寫著莫名其妙。

冷氣有點強，光線很暗，讓剛從外頭大太陽下進來的我，視線無法適應。我在左邊角落最後一張桌子前面，看見我們學校的制服。

桌上有一束花。

我回頭往門口看去，史亞明已經不見人影。

我硬著頭皮，坐了下來。

「嗨！」黃珮君對我說。

『嗯。』我說，『好久不見。』

「會嗎？我每天都看到你。」

『可是我很久沒看到妳了。』

她的手不停搓弄著桌上的花，這個時候的我，已經知道那是玫瑰花。黃色的，一朵、一朵都有半個拳頭這麼大。

我的視線忍不住停留在花的上面，或許，是忍不住迴避黃珮君的眼光。

「這個花……很好看。」她說。

『還不錯。』

「謝謝你。」她點點頭。

『啊？』我遲疑了一下，『為什麼要謝我？』

「謝謝你送我花。」

我眼神緊盯著那束花，沒有否認，也沒有承認。我大概知道，是史亞明送給黃珮君的，但我沒有戳破。我不知道這算卑劣，還是寬容。

「張文杰，考試要到了，你要加油喔！」黃珮君笑著。

『嗯，妳也好好加油。』說完，我馬上搖頭，『不對，妳不必加油。』

「為什麼？」她睜大眼睛看著我。

『因為妳成績很好啊！』

她笑了。

「我想跟你講一件事。」

『嗯。』

「從前有一個女孩，愛上了一個男孩。那個女孩是普通的女孩，而男孩也不是什麼宇宙大帥哥。可是在女孩心中，他的每個小動作，都讓女孩覺得很帥。如果真的要問原因的話，女孩大概也說不出來吧！女孩很喜歡看見男孩發呆的樣子，很可愛，又很白痴。看到他，女孩都覺得很快樂。慢慢了解他之後，女孩發現，男孩總是很容易害羞。偶爾，女孩會去幫男孩整理抽屜，也會注意男孩最近的心情。男孩成績不好了，女孩也會很擔心，卻又幫不了忙。雖然很雞婆，可是女孩覺得這樣很幸福。女孩已經錯過很多次『說』的機會，跟男孩說話，也總是語無倫次。表面裝著若無其事，其實只是想保護自己而已。但是現在，女孩想對男孩說……」

黃珮君摸了那束花幾下，很明顯地深呼吸了一下。

顫抖的聲音。泡沫紅茶店裡面太強的冷氣……

「張文杰，我喜歡你。」她說，「雖然我三年前說過了，但是……」

「我真的喜歡你。」

時間走得很快，然而我們走得太慢。

我忽然像回到了三年前。

黃珮君的眼淚滴在桌上，頭頂上的燈光搖搖晃晃，好像月亮一樣。那一瞬間，我好像成了在月光下擱淺的魚一樣。

這片海太冷，於是我湊在月光下乞討一點溫暖。乞討⋯⋯

黃珮君的眼淚像把刀。

將自己切割得支離破碎之後，讓我看見了她的圓心。

那天離開泡沫紅茶店之後，我陪著黃珮君走路回家。熱辣辣的太陽下，我跟她兩個好像瘋子一樣，踩著自己的影子往她家的方向。我希望太陽更大一些，這樣才可以曬乾她臉上的眼淚。

她住在離學校大約半個鐘頭路程的地方，我們卻走了一個多小時才到。我替她拿著那束『不是我送的』花，一路上交談不多。

對我來說，黃珮君的存在是溫暖的。好像寒冷的冬天裡，手裡掬著一把溫熱的水一樣。唯一可惜的地方，在手裡的水，會慢慢沿著指縫流下。

狹窄的巷道，因為炎熱而傳來陣陣柏油路面的味道。道別之前，我把花遞給了她。

『考試加油。』我說。

「你也是，你不要太緊張。」

我點點頭，跟她揮揮手。她欲言又止的樣子。

『再見了。』

她咬了咬下嘴唇，接過花之後，離開了我的視線。

我還記得離開她家附近的巷道，空氣中除了烤焦的柏油味之外，多了一點即將下雨的味道。

不到一百公尺的距離，下起了雨。

是不是一百公尺之前的大太陽，還存在於原本的地方，而一百公尺外的這裡，卻有不一樣的天氣？

或許吧。

我全身溼透走回家，花了多久時間無法計算。全身溼淋淋，在這種炎熱的季節反而有一種解脫。可能在那個時候，我已經做好準備，要變成『魚』了。然後如同數學老師說的，數線還會繼續往右邊前進。考試的日期還是不斷不斷地接近。

「她真的這樣跟你說？」

考試前一天，我把史亞明找出來。

『嗯，就這個樣子。』我說。

「你怎麼說？」

『我先問你，你為什麼告訴她花是我送的？』

「你放心，我不會跟你計較花錢的。」

『我沒跟你說這個。』

史亞明的機車在風中狂嘯著。

「你說什麼？」他回過頭大吼。

『我說你是白痴。』

「幹。」

他故意緊急煞車，輪胎發出慘叫聲，嚇了我一跳。

「你到底怎麼回答的？」

車子停在熟悉的土地公廟前面，我們一人買了一支冰棒，坐在老位置上。

『我怎麼回答的？』我想了好一下。

我想，我沒有回答。

那天她說完之後，我呆在當場，不知道該說些什麼好。我知道對面的她一臉期待，但我沒有辦法給她任何答案。

　　可惜，當時數學課還沒教到，有一種證明題的答案，叫做無解。

　　「不管如何，謝謝你。」她是這樣跟我說的。

　　我鼓起了最大的勇氣，搓了搓因為太強的冷氣，而有點麻痺的雙手。

　　『珮君……』這是我第一次這樣叫她，『謝謝妳。』

　　她低下頭，沒有看著我。

　　也許因為這樣，我不需要躲避她的視線，膽子也大了起來。

　　『我也喜歡妳，』我說，『雖然跟妳的喜歡有點不一樣。』

　　「嗯……」眼淚滴在她的手臂上。

　　『謝謝妳運動會送我飲料，謝謝妳幫我整理抽屜，謝謝妳……』

　　「我知道了。」

　　我話還沒說完，黃珮君打斷了我，接著是一陣沉默。

　　「我可以問你一個問題嗎？」她說。

　　我傻了幾秒鐘，立刻慌張地點頭，差點把脖子點斷了。

　　「放榜……放榜的時候，你會回學校看榜單嗎？」

　　『嗯……會啊。』我說。

　　「那，我可以跟你一起去看嗎？」

　　『當然可以。』我說。

　　「好，」她總算笑了，「要記得喔。」

　　我點頭。

　　我把過程盡可能說給史亞明聽，除了跟黃珮君約好一起看榜單這件事。我並非刻意隱瞞，只是不知道為什麼，說不出口。

　　「你，你有沒有跟她說花是我買的？」

史亞明聽我說完，也把冰棒吃完，轉過來問我。

『沒有。』

「噢，這樣啊。」

我判斷不出他臉上的表情代表什麼。眉頭一沉，兩眼直愣盯著右前方地板看。

『給我根菸。』

我接連說了兩、三聲，他才回過神了，把菸掏給我。

那一秒鐘，我發現史亞明悵然若失。

史亞明帶我到附近山上，騎著他的摩托車。在山上他教我怎麼『舉孤輪』，還跟我說只有天生的英雄才學得會。

我試了半個小時，把他的車殼撞凹了一個洞。於是我放棄當英雄。

史亞明嘲笑我，捧著肚子開心得有些誇張。我撞壞了他的車，他卻毫不在意，反而像發瘋一樣，抽著菸到處跑來跑去，大吼大叫。

我感覺得出來，他勉強自己裝出很開心的樣子。

很勉強，很勉強。

那一天之後，一直到考試之前，我跟史亞明都沒碰面。

我窩在家裡念書，念煩了就把小獅子拿出來甩一甩，肚子餓了就煮小獅子……當然不可能。肚子餓了我就隨便找點東西吃，每天都熬夜到兩、三點。

考試前一天晚上，我接到黃珮君的電話。

電話這一端的我，有點口乾舌燥。

「張文杰？」

『我是。』我說。

「明天就要考試了。」

『如果沒有意外的話。』

「你記得早點休息，不要太緊張。」

『謝謝，妳也是。』

「考完之後，你還記得……」

『一起看榜單。』我說。

我掛上了電話，有一種怪怪的感覺，說不上來。

當天晚上，我失眠了。

隔天考試的時候，在數學這個科目，我幾乎是用『大無敵』的姿態去面對。不管看不看得懂，總之把答案寫上去，然後考試結束，我是第一個交卷的。

就這樣，考試結束了。

我想，秦始皇大概跟我一樣，也曾經面對過這樣的考試煎熬，所以他才會『焚書坑儒』吧。

考試結束，我把所有的課本，考卷，通通塞到儲藏室裡頭，擠在最深、最深的角落裡面。

如果可以，有生之年我不想再看到這些東西。

史亞明立刻找我出去，一如往常到土地公廟前面買冰棒。賣冰棒的老阿伯，快要發給我們會員卡了。

那幾天，我除了補足我失去的睡眠之外，就是跟史亞明混在一起。騎著機車到處跑，也因此收到了一張『無照駕駛』的罰單。

等待放榜收成績單的感覺，有時候比真正知道結果還來得痛苦。

放榜前一天，晚上史亞明找我去公園放鞭炮。他告訴我，他有預感，他的成績會很驚人。不過是差得驚人。

我笑著要他不要胡思亂想，拿沖天砲丟他的屁股。他不甘示弱，拿水鴛鴦扔我的大腿，我打算趁他不注意，炸了他的摩托車。

隔天我還在迷迷糊糊睡夢中，史亞明打了通電話給我。

「張文杰，趕快起來。」他口氣很急。

『幹嘛？』我看了看時間，『還沒中午啊！』

考完之後，我很難一早就爬出棉被。

「我有一個好消息，跟一個壞消息要告訴你。」

『快說啊！』

「你要先聽哪一個？」

『隨便都好。』

「選一個啦！」

『先說壞消息好了。』我打了個哈欠。

電話那邊傳來零錢掉落的聲音，我才知道他人在外面。

「那我先說好消息。」

『你很無聊。』

「你趕快準備一下，」他說，「我看到陳艾波了。」

我感覺到心臟被水鴛鴦丟到，瞬間爆開。

「我十分鐘後到你家。」史亞明說。

🍎 **史亞明說，這是一個天大的好消息。是嗎？**

　　天空發出悶吭的聲音，太陽卻還是不受威脅發出肆無忌憚的熱度。車子在一間陌生的國中門口停了下來，不知道是不是心情的原因，我感覺有點喘，有點口乾。

　　史亞明停下車之後，把我往校門裡面推。

「她應該還沒走。」他說。

『你怎麼知道的？』

他笑了笑，沒有理我。

　　三年了。

三年前，我從 Apple 的手上接過那隻小獅子，現在正捏在我的手裡。每次我慌張的時候，會把獅子拿出來蹂躪，好像 Apple 待在我的身邊，沒有離開一樣。

我看見了她，在一堆伸長了脖子的人群當中。

我不敢靠近，只敢在她左手邊，遠遠地看著。

Apple 更高更瘦了，還是綁著馬尾，雙手抱胸佇立在榜單前面。

我就這樣遠遠看著她，心裡有點激動，卻又什麼話也說不出口。遠遠的，隔著剛剛好的距離。我低下頭，看著手中的小獅子。

「張、文、杰！」

我慌忙將手裡的獅子放在背後，抬起頭。

『嗨，好久⋯好久不見⋯⋯』

「你怎麼會在這裡？」

『我⋯⋯剛好經過。』

「騙人！」她走近，「哇，你長高了！」

『是啊，可惜沒長腦袋。』我說。

我偏過頭瞧了一下榜單，Apple 對我微笑著。

「真高興在這裡遇見你。」

『我也是。』

該死，我連多餘的話都說不出來，眼看她就要走了。

「我要走了。」

『喔。』

「那⋯⋯一起走嗎？」

『好哇。』

我跟在 Apple 身後半步的距離，口袋裡的手不由自主地捏著小獅子。

好緊張。

出了校門，史亞明還在那裡等我。

「哇，史亞明！」Apple說。

「嗨，嘿嘿。」史亞明抓抓頭。

「你們一起來的？」

我點點頭。

「那……」Apple笑著。

「喔，我正要走，」史亞明把鑰匙丟給我，「我走了，你們慢聊。」

『喂！』我叫住史亞明。

「我家住在這附近，我要走了。」

「是嗎？」Apple問著。

『你家？』

史亞明對我擠眉弄眼，對我揮手兩下，拍拍摩托車。

「我看你就載陳艾波回去好了。」

『可是……』

「天氣這麼熱，你可是什麼？」

我轉頭看著Apple，她吐吐舌，沒答應也沒拒絕。

史亞明轉過身，又揮了兩下，快步走了。

我的心跳過快，很希望史亞明的車是救護車，把我送去醫院。

「方便嗎？」

我看著史亞明的車，對著Apple點點頭。

「沒關係，不方便的話我自己回去就好了。」

『不會。』我鼓起勇氣開口。

我坐上車，發動了之後，拍一拍後座，試著讓椅墊溫度降低。

「我穿裙子，只能側坐……」

『沒關係。』我說，『妳……口渴嗎？』

「還好。」

『喔。』

艷陽下，車子緩慢向前。

也許我過分謹慎，速度甚至慢得誇張了。

『妳考得、怎麼樣？』

「什麼？」Apple問我。

『我說，妳考得如何？』

「ok，你呢？」

『我還沒去看。』

「要不要先去看呢？」

我沒有回答，紅燈亮起，我稍微閃神，趕緊煞車，前輪停在斑馬線上。

Apple似乎受到驚嚇，雙手抓著我的衣服。

『對不起。』

「沒關係。」

然後，她的手很快地離開我的身體。

『妳會不會口渴？』我問。

「你想請客嗎？」

我點點頭。摩托車繼續往前，她指示我右轉。

「這樣吧，你猜拳贏了，我們就去喝飲料。」

『猜拳？』

我把車停在路邊，半轉過身看著Apple。

「猜拳啊！」

『喔。』

「剪刀、石頭、布！」

她出了剪刀，我看得一清二楚。習慣使然，我出了布。

「你輸了，只好改天囉。」

『嗯。』

很快就到了 Apple 家，我覺得這段路真該死的短。

「謝謝你。」

『不要謝了，沒什麼。』我說。

「再見囉，祝你考上好學校。」

『謝謝妳。』

「你也不要謝了啊，呵呵。」

『不，不是這個。』我從口袋裡拿出小獅子，『這個。』

「哇！你還留著。」

『謝謝妳，我很喜歡。』

離開 Apple 家之後，我用最快速度狂飆著。

不知怎麼著，我心情異常的好。我幾乎用生涯最快的速度，風馳電掣到史亞明家，卻找不到史亞明。

「他還沒回來喔。」史亞明的媽媽透過電鈴告訴我。

我轉向史亞明的國中，在學校裡頭找了超過半個小時，還是不見他的蹤影。我在大街小巷找著，任何我跟他常去的地方，練摩托車的山上，泡沫紅茶店。最後，我在土地公廟前面找到他。

從跟他分開的地方到土地公廟，騎車大概要花半個小時左右。

走路……我不敢想。

『嘿，你跑哪裡去了？』

「你回來了。」

『找你老半天。』

我走向前去，地板上一堆香菸的屍體。

『幹嘛跑這裡來？』

「今天賣冰棒的老阿伯沒來。」

他手指著攤子經常停留的地方。

『老阿伯休息吧。』

「是嗎？」

史亞明的表情，我從來沒見過。

我向他討了一根菸，他點著了之後遞給我。

「最後一根了。」他說。

『我再去買。』

「不必了，你抽就好。」

我們在悶熱的土地公廟裡頭靜靜坐著，看著路人三兩經過。有些媽媽經過的時候，還會雙手合十，朝裡面拜個幾下。這時候我通常懷疑，我們坐在裡頭會不會褻瀆了神明。

「我沒考好。」史亞明笑著，「保證落榜的成績。」

『真的假的？』我跳了起來。

「真的。」

過了好一下子，我站起身，到附近的便利商店買了包菸。回來的時候，史亞明臉埋在雙手當中。

『沒事，一定還有學校可以讀。』我拍拍他肩膀。

「謝謝你安慰我。」他抬起頭。

「你真是我的好朋友。」

『少白痴了。』

我替他點了一根菸，太陽已經沒有這麼誇張跋扈。

從土地公廟裡面看過去，發現這個時候的太陽又大、又圓。

『這個就是壞消息？』我問。

「還能比這個更差嗎？」

『嗯。』

「你呢？」他吐了口煙，「陳艾波怎麼樣？」

『沒什麼，就送她回家。』

「你真遜。」

『我本來就是遜砲。』

「你是遜槍。」

我們都笑了。

「啊成績咧？怎麼樣？」

『我還沒去看。』

「幹嘛不去看？」

『成績沒有腳，不會跑掉。』

終究會有成績單寄到家裡，我一點也不著急。

史亞明準備載我回家的時候，我看了一眼賣冰棒的老阿伯，原本擺攤子的地方。不知道怎麼搞的，那個地方沒有『把噗』的聲音，就不大對勁。

我上了車，史亞明猛一催油門，車子向前狂奔。

我捏了捏口袋裡的小獅子，經過了這麼久，重新看見 Apple 的感覺，竟然讓我這麼手足無措。

史亞明闖了一個紅燈。

我點了一根菸，拍拍口袋裡的小獅子。

「不知道，黃珮君考得怎麼樣。」史亞明轉過頭大聲說著。

『黃珮君？』

我捏了史亞明一下，要他停下車子。

時間是五點四十五分，天空漸漸暗了下來。

我下了車，要史亞明不必等我。

我忘了一個很重要的東西。

我跑，用盡力氣往前跑。

六點三十七分，太陽已經不見蹤影，路燈出來打了招呼，我才跑到學校。我跟門口的警衛先生解釋了之後，他才放我進去校園。

「快點出來啊，晚上危險。」

我顧不得跟他客套太多，滿身汗水，到了川堂。

空無一人的川堂，紅色的榜單還掛在公佈欄上面。我手撐著膝蓋，調整呼吸好一下，才有力氣抬頭。

我搜尋著我的名字。

我看見了國文成績嚇死人的高分，心放下了一半。

然後數學，出我意料的沒有很糟糕。

我四處張望了好一下，還是沒有人影，連隻狗都沒有。我用袖子擦了擦頭上的汗水。蕭屹靈成績比我好一點，差距不大。我的心情舒緩了一些，然後，往隔壁班的地方看。

黃珮君。黃珮君，黃珮君。

「張文杰。」

左後方傳來熟悉的聲音。我轉過身。

「你來了！」

是啊，我來了，遲到了這麼久。

「我還以為……」她的眼睛紅紅的，手捏著像是衛生紙的東西。「以為你不會來了……」

偶爾我懷疑，總是淚眼看著我的她，
是不是看得見真正的我？

第
5
章

就從那一天開始，我是魚。
如果我是一尾魚，Apple就是我倚賴生存的水。
可惜我只能活在水瓶裡面，
呼吸著稀薄的氧氣。

我知道，我花了大半的時間說明黃珮君、史亞明與我之間。

　　如果不這麼做，這個故事怎麼也無法完整。

　　也許對我來說，這一段被包圍住的日子根本抓不到方向，但是這一路走來，也加諸了太多東西在我身上。這些東西，通通都是我從黃珮君的身上奪取的。可能，也包括史亞明。

　　我很想一筆帶過。簡單說來，當天我忘了跟黃珮君的約定，因為我興奮於再次見到Apple。

　　她哭了，星星那一天也打結了。

　　這一筆輕輕鬆鬆，可是潦草了些，也讓我開始懷疑自己。

　　離開學校的時候，老天惡作劇似地下起了雨，從午後開始悶吭的天空得到釋放。也許這就算是一種救贖。

　　於是星星離開了天空，我離開了學校。

　　那一天是我最後一次看見黃珮君，現在回想起來，我似乎還記得當天她穿的白色及膝裙，稍微留長的髮，隨著風在空氣中嘆著氣。

　　「我等你好久了。」她說。

　　我喘著氣，卻像個雕像一樣，呆呆地杵著。

　　「我一個人蹲在洗手檯旁邊……我想，你大概不會來了。」

　　『對……對不起。』

　　「你有沒有發現，你說了太多的對不起。」

　　我沉默了。

　　黃珮君從口袋裡掏出面紙，擦拭了氾濫的臉龐。

　　如果我夠聰明的話，其實這才是我生命中第一次的大水。可惜我並不知道。也因為如此，第一次大水來的時候，我幾乎掙扎著死去。

　　「恭喜你，你成績很好。」她說。

　　『妳也是。』

「至少你來了，」她抿嘴，「這樣就好了。」

話一說完，黃珮君頭也不回，往校門口奔去。

我的腳像被什麼東西綁住一樣，想從後頭追上，卻又動彈不得。我想，是我自己沒有勇氣追上她，也因為那時候的我太年輕了。

我走出校門之後，大雨肆無忌憚攻擊我，我緩慢地在人行道上走著。我的確說了太多次的抱歉，到最後，這樣的抱歉廉價了起來，再也談不上有任何重量。

我順利考上省中，跟蕭屹靈同個學校。

史亞明確定落榜之後，進了重考班，也就是所謂的國四班。然而有時候，我總覺得閉上眼睛，黃珮君往前跑的樣子，還會留在那裡。

國四班開學比一般學校快得多。也難怪，重考的人必須把握時間，而重考生的時間，是最賤價，也最寶貴的。這是史亞明告訴我的。

開課之前，他跟我約定了這一年當中，我們都不要聯絡。

『有這麼大的決心嗎？跟我連絡又不會怎麼樣。』

「不，你不懂。」他說，只有這個樣子，他才可以考上。

『為什麼？』

「看到你，我都會想起一些讓我分心的事。」

什麼讓他分心的事？史亞明沒有明說。他只淺淺地告訴我，如果這條路注定會這樣走，他永遠不會後悔。只會有一點點的遺憾。

我不懂，他點了根菸，對我笑了笑。

「如果重新選擇，我還是會走這條路。」這個就是遺憾。

那後悔呢？

「如果再來一次機會，我絕對不會這麼做。」

他說，吐了一口長長的煙。

「阿杰，你是我最好的朋友，你知道嗎？」

摩托車就這樣在山上狂飆著。我眞的不懂,卻對他點點頭。

把我當成最好朋友的那個人,停下了腳步,在後面休息著。

這一年,我穿起了藍色制服上衣,卡其色長褲。然後,只是換了一個環境,繼續被課本壓著走,連前面的路走到哪裡都不知道。

神告訴我,要往前走。於是,我只好提起腳步。

我幾乎要忘了國小時候,面對課本那種輕鬆寫意的狀態。國中我遇到挫折,高中時候,這個挫折乘以無限小分之一,趨近於無限大。

無限小的,就是我那微不足道的自尊心。

我用盡全力把自己的成績開根號乘以十,可是總覺得跑啊跑的,目標離我愈來愈遠,愈來愈模糊。

最後,我聽從蕭屹靈的建議,報名了數學及英文補習班。

國中的美女數學老師告訴我,人生是不斷向右前進的數線,終點停留在無限大。如果眞的是如此,對我來說數線的零點在我下定決心去補習的時候,開始了。

每週三補習英文,週五補習數學。

想也知道,週五時候的我,臉色總是特別難看。

不習慣補習的我,窩在一個小小的空間,手肘伸出去會碰到隔壁的同學,想去上廁所還得跟人說聲『對不起』。

每天放學,我搭著公車擠在人群當中,汗臭,青春的味道交雜。

隨意吃個晚餐,當然,偶爾會跟蕭屹靈同行,然後聽著補習班老師講著無聊笑話。

那一天,不知道爲什麼錯過了校車。

我徒步走過烏煙瘴氣的街道,在市區的某一間便當店停了下來。

『陳艾波?』

穿著綠色的制服上衣，黑色百摺裙。

馬尾還是那個樣子，一切都是那個樣子。

那天之後，我發現原來Apple跟我在同一個地方補習，只是不同班。

這段時間我從未在補習班遇見她，大概跟我喜歡待在教室裡頭有關。後來的下課時間，我開始在補習班四處遊蕩，偶爾躲在樓下角落抽菸。

那樣的日子現在回想起來，有那麼一點點可愛。我總是不斷左顧右盼，找尋著Apple。

如果待在角落裡偷看著Apple是幸福的，那麼我希望我永遠待在角落裡。即使我慢慢發現，這樣的等待，比上前去跟她說話，需要更大的勇氣。

第二個學期，我很刻意地延後報名。

我查出Apple的班級，然後告訴櫃檯的工讀生，我要加入那班。

「那班有比較好嗎？」蕭屹靈問我。

『有，好一點。』

「哪裡好？」

對呀，哪裡好？

把『好』這個字拆開，不就知道了。

因為報名得晚，我坐在教室最後一排靠近走道的位置。旁邊沒人。

我右前方可以清楚看見Apple，一舉一動，發呆沉思，專注上課。突然間，老師講解的東西對我來說，一點重要性也沒有了。

我的科目就在Apple的背影。

那個時候的我，有種偷偷摸摸，卻又幸福洋溢的面貌。

每週都有可以期待的事，而每個禮拜結束，我悵然若失。

然後 Apple 發現了我，在我正慌忙熄菸的時候。

「哇，張文杰！」

『好巧。』巧個屁啊。

「你也在這裡補習？」

『對呀，』我說，『愈補愈回去。』

「呵呵，」她眼珠子轉啊轉的，「哪一班的呢？」

跟妳同班。

「哇，我們又同班了呢。」

『是啊，真是抱歉。』我說，『還好妳已經不是班長了。』

「放心，」Apple 笑得燦爛，「我不會登記你的。」

話還沒說完，一個男生從左後方出現，拍了 Apple 肩膀一下。Apple 對我笑了笑，揮揮手，跟著那個人走過馬路，到對面的便利商店。

那晚第二堂課，我缺席了。

我拿了書包，在補習班樓下抽著菸。一根接著一根。

🍎 **如果愛情必須偷偷摸摸，我願意這麼躲藏著。**

那一天的晚上，我失眠了。

一整晚上，小獅子被我捏成了貓，然後變成加菲貓。

我有種愚蠢的想法，如果我可以這麼輕易地拍拍 Apple 的肩膀，然後跟著她一起走過馬路到便利商店裡面，應該會很幸福。

那個男生跟 Apple 同校，補習班位置坐在 Apple 附近。只有兩個座位的距離。

相較之下，我跟 Apple 的距離遠了太多。

每次補習，我總在幾排座位之後，安靜地看著他們。有時候男生會傳紙條給 Apple，而 Apple 總會掩著嘴笑起來。

我只能安靜看著這一切。

當然，如果我願意也可以大吼大叫看著這一切，然後很快地應該就會被趕出教室。

下課時間，我幾乎用空襲警報的速度，離開教室，躲在角落裡抽菸。我想菸癮大概是在那時候養成的。

我藉著大量的煙霧，把自己丟到另外一個空間。

然後，被 Apple 發現了。

「張文杰？」她瞪大了眼睛。

我把菸踩熄，搓了搓手。

「你抽菸？」她驚訝地。

『我……無聊。』

「無聊為什麼不看書？為什麼抽菸？」

『抽菸只是……』

抽菸只是為了想有個伴。

我還來不及說出口，Apple 重重吐了一口氣。

「好臭。」

『對……』我正準備道歉的時後，不知為什麼，我想起了黃珮君。

「我真討厭會抽菸的人。」

這個時候，那個男生又出現了，站在 Apple 身後停了半晌，然後，像上次一樣，拍拍她的肩膀。

我看了那個男的一眼，用憤恨的眼神，想要這樣殺死他。

Apple 或許察覺到我的眼神，咬著下嘴唇，不發一語。

「Apple……」那個男的說。

這句話在我心裡開了一槍，當我聽到別人也這麼叫著 Apple。

「我覺得我不認識現在的你,一點都不認識。」Apple說。

我目送著他們離開我的視線,然後再點起一根菸。

似乎再也沒有什麼可以捍衛的心情,讓我再次想逃離這個地方。

我在樓下掙扎著抽完了半包菸,才緩步上樓。

這個時候,應該已經上課很久很久了。

我從後門走向我的座位,桌上的筆,下面壓著一張紙條。

張文杰,我希望你是我認識的那一個張文杰。

再給你一次機會,下次被我看見你抽菸,我就要登記你了。

氣紅了臉的 Apple

我抬起頭,Apple恰好轉頭過來看著我,然後很快地轉回頭去。

我傻傻地坐著,手裡拿著那張紙條。沒有多久,我逃出教室,躲在角落裡頭。

我抽著菸,可是沒有原因。我很想知道,為什麼Apple這樣告訴我,而我卻刻意做出讓她生氣的行為。

也許,我想讓她注意我,想讓她登記我。

我蹲著,沒有人理我。

然後Apple跟著那個男生過馬路的鏡頭,不斷在我腦海裡,一次又一次重播。我好像知道了,放榜那一天黃珮君的感覺。

就在這樣的狀態下,我可以說是逼迫自己抹去黃珮君留在我身上的痕跡。那個時候,我想起了她。

我有種不能呼吸,也無法動彈的感覺。

當天晚上回家之後,家人告訴我史亞明打電話給我。

我很驚訝,也覺得有點想哭。我不知道為何他破壞了自己定下的約定,這段期間我不敢打擾他,也不想使他分心。

　　我回撥了幾通電話給他，始終找不到他的人。接近凌晨的時候，我才接到他的電話。

「阿杰。」

『都幾點了，老大。』

「我跟你說，賣冰棒的老阿伯，已經沒賣了。」

『啊？然後咧？』

　　我聽見他的聲音裡，有著無法言喻的寂寞。

　　如果單獨的時候像被關進了一個狹窄的房間，那麼現在的史亞明，大概在一個連窗戶都沒有的小方塊裡。

「你不覺得很難過嗎？」他說，「老阿伯不賣冰了。」

『難過什麼，他不能退休含飴弄孫喔？』

「含你的大便。」

『那我先去廁所。』

　　我聽見，史亞明沉重的呼吸聲。

『你還好吧，怎麼了？』

「老阿伯不見了。」他說。

『這沒什麼大不了的。』

「她也走了。」

『誰？』

「黃珮君出國了，你知道嗎？」他接近呢喃著。

『出國？我、我不知道。』

　　我的確不知道。而這段時間裡頭，我也不給自己機會知道。

「我想問你，放榜那一天，你急急忙忙走掉……」

『你想知道什麼？』

「那一天，你是不是跟她有約？」

『對。』我深呼吸。

「你知不知道，那一天她很難過？」

我沒有說話。

「阿杰，她是哭著離開台灣的。」史亞明說，「哭著離開的。」

『我不知道該說什麼，你知道的。』

「我知道。」他呼了一口氣，「跟你沒關係。」

『她跟你說了什麼？』

「她跟我道歉。」

『道歉？』

對不起，我還是喜歡張文杰。

我聽到史亞明這麼說，心裡湧起強烈的罪惡感。

有人說，愛情這回事沒有對錯。如果真是如此，那為何我現在這麼厭惡自己？

我討厭當天遲到的自己，討厭總是裝作不在意的自己。我甚至討厭，即使到了現在，我還沒辦法體會到，史亞明比我更加難過。

「你贏了。」他說。

「老阿伯不見了，黃珮君也走了。沒關係，你不要走就好。」

『我要走去哪？』

「就待在那裡不要動，等我一下。」他說。

「你把我的馬子，等我考上，我要去把你的 Apple。」

史亞明掛了電話之後，話筒傳來一陣『嘟嘟』聲。

我竟然懦弱地拿著話筒，在房間裡頭哭了起來。

🍎 她走了。就好像從來沒有出現過一樣，安靜地，傷心地。

連續幾個禮拜，我沒有去補習班報到。

　　後來我媽告訴我，每個禮拜三、禮拜五晚上，補習班的人都會打電話過來，我只是揮揮手。最後她告訴我，如果我再不去補習，每週三、五的晚上，她要親自替我補習。

　　隔天，放學之後我乖乖到補習班報到。

　　為什麼不去補習班，我也說不上來。因為我慢慢體會到黃珮君的心情，也因為我逃避。

　　應該說，我習慣於逃避。

　　這個世界最有趣的地方，就是當你原地踏步，世界卻依舊飛奔。沒有人會願意為了我停下來，至少目前為止，這個人沒有出現。

　　我會刻意在籃球場上逗留到天黑，汗水讓我的上衣從淺藍色，變成深藍色。

　　往補習班的路上，我用最慢的速度，幾乎到了看著自己的腳，數著腳步的程度。

　　我從後門溜進了教室，數學老師正講著什麼笑話，讓全班哄堂大笑。只有我，不屬於這個荒唐的環境。

　　也許老師察覺了遲到的我，拿著課本對著我指了兩下。

　　「準時進教室的孩子像個寶，遲到的孩子像什麼？」

　　大家跟著他的手指頭回頭，看見正準備坐下的我，都笑了。

　　我窘地不得了，低下頭迴避大家的眼光。

　　「像根草！」很多人異口同聲著。

　　老師拿著課本搧了搧，搖搖頭。

　　「遲到的孩子，還是像孩子啊，各位孩子。」

　　大家笑得更開心了。

　　我不懂這有什麼好笑的，低著頭從書包裡拿出講義。

　　偷偷瞄了前面，Apple沒有動靜。

下課的時候，我等到Apple走出教室之後，才慢慢離開座位。到了樓下轉角處，我拍了拍新買的菸，拿出打火機。

「張文杰。」

菸從我的手上掉落，我趕緊用腳踩著。

「你在幹嘛？」

我腳緊緊踩著降落在地板上的菸盒，搓了搓鼻子。

『看星星。』我說。

「笨蛋。」她伸出手，「給我。」

我把打火機交到她手上。

「不是這個。」

我把腳移開，拿起菸盒拍了拍，交到她手上。

「你真的講不聽。」

『習慣了。』

「習慣可以改，尤其是壞習慣。」她說。

『是這樣沒錯……』

「我不喜歡看到你變壞，」她嘟著嘴，「你不是這樣的人。」

「還有，為什麼好久沒有看到你了？」她接著說。

『我有點事。』

「這麼久不叫做有點事，叫做很多事了吧。」

我呆在當場說不出話來，手裡玩著打火機，唰啊唰的。

就這樣沉默了好一下子，我抬頭看著她。

『妳今天，不去便利商店嗎？』

我特別看了看後面，很刻意指名有人會出現。

Apple盯著我瞧，瞧得我忍不住別開視線，吐了一口氣。

「你要陪我去嗎？」她說。

『我？』我指著自己。

「沒關係，不要就算了。」

說完之後，Apple把菸放進口袋裡，走回補習班。

我在原地轉了幾圈，像找不到電線桿的小狗，左手不停地捏著大腿。

回到教室裡頭，我的筆下面壓著一張紙條。

我左右看了看，深怕有任何人盯著我瞧。最後我發現自己多慮了，我的左右兩旁，根本連靈界來的朋友也沒有，更不要說是人。

老師進教室之前，我打開了那張紙條。

張文杰，你已經被我登記一次了。

再有下一次，我就會給你蘋果的懲罰。很恐怖的喔！

菸我沒收了，不會還你。

Apple

什麼是蘋果的懲罰？我看著紙條，忍不住笑了。

可惜這微不足道的喜悅，很快就被澆熄。跟Apple同校的那個男生，又開始跟她傳遞著紙條。

我看著自己手上的這張，恐怕不過是他們幾百張內容的萬分之一罷了。這種喜悅果然是微不足道，我把下巴放在桌子上，無奈地看著。

補習班放學的時候，我背著書包準備走下樓梯，Apple卻叫住了我。我像個木頭人一樣傻在那兒，上也不是，下也不是。

「還你。」

她拿著沒收的那包菸。

我伸出手接了過來，一臉疑惑。

『不是沒收了？』

「看你的表情這麼生氣，乾脆還給你好了。」

『我的表情？』就算我生氣，也不會因為一包菸啊。

「算我雞婆好了。」

Apple 快步走下樓梯，我跟在她的後面。啪噠，啪噠的。

走出大樓的門前，她突然停下腳步，轉過頭來。我一個緊急煞車，差點撞在她的身上。

「你跟著我幹嘛？」

『我沒有生氣。』

「你、明、明、就、有。」

她一個字一個字唸著，柔軟卻聽得出有些生氣。

我搖搖頭，沒有說話。

「那你幹嘛這個臉？」

『我……表情就這樣。』

我想到了她跟那男生互傳紙條，臉不由得一沉。

「愛騙人，明明就不是這樣。」

『真的沒有因為這樣生氣。』

「那不然呢？」

我還是搖頭，什麼話都說不出口。

身邊經過的人愈來愈多，Apple 拉著我離開了大門，往後面的巷子走去。

如果我沒有記錯的話，跳繩比賽之後，這是我最接近她的一次。

「你老實說，是不是真的生氣了？」

『我沒有，真的不是生氣。』

「那是什麼？」

我還是搖頭。

「你是什麼星座的？」她沒來由突然冒出這句。

『星座？那是什麼東西？』

「好吧，你生日什麼時候？」

『三月十三號。』

「三月十三號……雙魚座。難怪這麼扭扭捏捏的。」

『雙魚座？』

「對呀，星座啊，你不知道嗎？」

原諒我，那時候的我，不太清楚什麼是星座，也不清楚什麼牛啊，羊啊，什麼蠍子青蛙的。

『我不知道那是什麼。』

「好吧。」

Apple 大致跟我解釋了黃道十二宮，還告訴我什麼月份出生的人，有著什麼星座。我記性再怎麼好，也沒辦法在瞬間記下所有的星座，只好邊聽跟著點頭，假裝自己很認真。

「好，那我是什麼星座？」她問我。

『妳？妳是……母牛座。』我隨口胡說。

「你怎麼知道？我都沒告訴你我的生日呢！」

『這個……』

「好啦，我跟你說，我生日在二月十五號，要記住喔。」

『好。』

「那我是什麼星座？」

我仔細回想剛才她跟我說一堆落落長的名稱，想了半天還是只有什麼牛、羊豬狗的。

『公牛座。』

「笨蛋，沒有公牛座啦，都沒仔細聽。」

她敲了我頭一下，我摸著頭，假裝很痛的樣子。

「聽好喔，我是水瓶座，裝著水的瓶子。」

『水瓶座，我記得了。』

「我的生日，剛好在情人節後面一天喔，所以我是情人的種子。」

『情人節後面一天，我記得了。』

她笑了。

「你是雙魚座，別忘記了喔，你是魚。」

『兩尾魚。』

「賓果！」她的拇指跟中指彈了一下，發出聲響。

「你是魚，你是活在水瓶裡面的魚喔。」

就從那一天開始，我是魚。

如果我是一尾魚，那麼 Apple 就是我倚賴生存的水。

可惜我只能活在水瓶裡面，呼吸著稀薄的氧氣。

 後悔的浪。

我發現，水瓶裡面找得到後悔的浪。餘波盪漾。

只要面對 Apple，我輕易退化到『已知用火，已有信仰未來觀念』的年代去。如果這樣的習慣是種束縛，為何我看不見拉著我所有動作的繩？

傀儡般，她要我左我就左，要我右我就右。

我的生活開始繞著補習班飛行。

週一，對我來說只是開始，我告訴自己後天就可以看到 Apple。

週二，不算太糟，相隔二十四小時就好。

週三，一整天我無法控制自己的心跳。

週四對我來說是煎熬，那時候我發現原來時間會忽快忽慢地走。不過當我想要它快的時候就慢，我要它慢的時候，卻跑得比被拖鞋瞄準的蟑螂還快。

週五，我試著讓自己努力地專心聽課，幾個小時下來我背熟了Apple所有動作。

放假，我就關起了自己的呼吸。

如果人生可以他媽的依照自己的想法前進，我希望每天都去補習。

好用功啊我。

我學習到最大的技能，竟然是在教室後面瞪著那個男生。這樣的日子久了，終於我還是忍不住，下課時間躲到原本的地方。點起菸。

我發現，每到週三數學課的時候，我特別感到厭煩。如果我因此染上菸癮，那都是數學課的錯。

都是它的錯，都是它的錯，都是它的錯，都是它的錯。

我想知道，誰跟我有過同樣的感覺。

看著喜歡的人跟另外一個人離開自己的視線，然後裝作不在乎。不知道有什麼好裝的，明明只有自己注意自己而已。

『如果孤獨是折磨自己的毒藥，看著別人的幸福，就是毒藥的原料。』

我折磨著自己。但我一點也不想看。

我開始到書店買了一些研究星座的書來看，很懷疑為何全世界這麼多種人，卻可以分成單純的十二種類型。

後來我發現，這應該是大人發明出來，想要讓單純的人有一個心靈的慰藉。想是這樣想，但是大人的世界，哪有這麼容易僭越。

我在補習班樓下抽著菸，手裡拿著剛到書店買的《十二星座風向球》。真是一本狗屎。

即使是狗屎，我還是看到了雙子座的部分。

我抬起頭，等著 Apple 出現。

我想我是故意的吧。一再地重複著她不願意我做的事，就像小學時候，史亞明故意在黃珮君面前大聲說話一樣。吸引她的注意。

想到黃珮君，突然一陣失落。

「你改不了這個壞習慣嗎？」Apple 說。

『沒有。』我把玩著手裡的菸。

「那就不要抽。」

『妳不必這麼關心我。』我口是心非。

Apple 看著我，轉啊轉的眼珠子不知道想著些什麼。

我話一出口，懊惱地想捶死自己。

「我知道了。」她嚥了口水，聲音大得全世界都聽得見。

『不要管我了，趕快上去吧。』我說。

『妳男朋友會找妳的。』這句話，聲音很小很小。

Apple 嘟著嘴，低下頭去。

「我沒有男朋友。」她說。

『喔。』

「那不是我男朋友，」她抬起頭，「至少現在不是。」

『現在？』

「你吃醋？」

我用力搖頭。

我跟她都遲到了。我刻意先去廁所，沒有跟 Apple 一起回到教室。

我可以感覺教室前方有灼熱的眼神看著我，整堂課我都低著頭。我不知道那個視線，是來自 Apple，還是那個『還不是她男朋友』的人。

如果有自爆排行榜，我肯定是第一名。

我可以感覺到綁著我的線其實愈拉愈緊，我像個傀儡一樣。

可惜我反抗過了頭，作出了相反的動作。沒有因此扯斷了線，反而讓線頭從此糾結在一塊，打了死結。

放學的時候，我低著頭整理書包。手指敲擊桌面的聲音，讓我抬起頭來。

Apple站在我座位旁邊，看著我好一下子，丟了張紙條。

我看著她快速離開的背影，覺得口乾舌燥。我就陷在這樣乾得快要破掉的空氣中。

那天晚上，我在街上蹓躂了很久，走著走著不知怎麼地，就走回國小後門的土地公廟。那是我人生點燃第一根菸的地方，在那裡我消耗了很多青春的火。

我拿起小獅子，對著天花板上，微弱的白色日光燈看著。

經過了這麼幾年，小獅子頭上的毛髮稀疏了。我發現在我長大的同時，小獅子跟我一樣，慢慢地成長，也慢慢地衰老。

原本搖晃時發出的『唧、唧』聲，不知道什麼時候變成了『啾、啾』聲。老態龍鍾的獅子。

我抽完了菸盒裡頭最後兩根菸，才慢慢走回家。

當天晚上，我被媽媽訓斥了半個小時。

「為什麼不趕快回家？」

『我迷路了。』

「坐公車也會迷路？」

我在客廳罰站了好久。

我回頭想想，認識Apple到現在幾乎十年了。中間三年雖然沒有聯繫，其實她一秒鐘也沒有離開我的生活。

Apple 說，我是魚。因為魚沒有辦法離開水，所以我大概會這樣溺死在 Apple 的水瓶裡吧。

其實，她一秒鐘也沒有離開我的生活。

每次回想起來，都覺得青春在那個時候，燃燒得這麼徹底。

都怪我點起打火機時候，手顫抖了一下。於是我忘了，我該拿這把火溫暖更多的東西，而不是埋頭將自己毀損。

那時我怎麼知道，我以為我優游地在水裡。

張文杰。

你叫我不要關心，我很不開心。

關心跟開心，只差一個字，你沒發現嗎？

還有，上課不准吃東西。

你吃醋了，所以我要登記你。

你將會受到蘋果的懲罰。你要答應我三個要求。

第一個，不要讓我看見你抽菸。

還有兩個，等我想到了告訴你。

Apple

我很開心，因為她的關心。

如果每個人的心都是一把鑰匙，那時候的我，認為自己可以打開 Apple 的心。

青春啊。你看看，你在這裡留下了一個足跡。

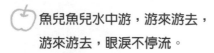 **魚兒魚兒水中游，游來游去，**
游來游去，眼淚不停流。

第
6
章

距離約定好的日子愈接近，
我的心情就像被大風猛烈吹襲一樣，
東搖西晃，左右擺動。
天空偶爾烏雲密布，像極了我的心情。

夏天黏答答的感覺，至少讓我覺得自己活在水裡。

從那一天開始，我決定不在 Apple 面前點起任何一根菸。也許這樣的約定有了轉換，也可能因為當天的紙條出了些什麼功用。

補習班下課之後，我不停留在騎樓的角落，而在教室裡頭坐著。

除了避免自己破壞約定之外，第二個學期的數學，我有相當大的危機。於是我一次又一次練習著習題，一次又一次背著公式。

Apple 的目光是灼熱的。

下課時間她會習慣性先回頭看我一眼，然後微笑點點頭。

對我來說，這樣的微笑可以讓我鼓足了所有動力，連數學講義都美好了起來。

「這麼乖，沒有做壞事？」Apple 到我座位旁。

『呃……做壞事？』

她手撐著我的桌子，鮮豔的髮帶束著馬尾，低頭看著講義。

「這題算錯了。」

我低下頭。

「這個地方，」她手指著，「錯了。」

『錯了？為什麼？』

「因為……」她笑了笑，「你自己看囉。」

「如果我直接告訴你，你就永遠不知道了。」

我抓抓頭。趁著 Apple 跟我說話的時候，我仔細多看了她幾眼。

左邊耳朵上有三個洞，各自掛上燦爛別緻的耳針。

我觀察了她右邊的耳朵，發現右邊耳朵只有一個耳洞，上頭不是掛著耳針，而是晃啊晃的耳環。

看出了神，直到 Apple 的手在我眼前晃了幾下，我才趕緊轉移視線。

「在看什麼呢？」她直起身子。

『那個。』我指著她的耳朵。

「這個？」她手摸了摸，「這個啊……」

『很漂亮。』

「真的嗎？」

我點頭如打鼓。

『為什麼右邊只有一個耳洞？』我好奇著。

「右邊？」她手摸著右耳，「呵呵。」

「因為我喜歡右手撐著頭發呆，打太多耳洞，會痛。」

『是嗎？』

我試著將手撐在腦袋的一側，掌心壓著耳朵的地方。

沒什麼特別的感覺。

『還好啊……』我嘀咕著。

「你好笨喔，我隨便說的啦。」她笑著，「你看。」

我抬起頭。

她將兩邊的耳環耳棒都摘下來，放在桌子上，我把臉湊過去，看了一下。等我抬頭的時候，後腦杓不知撞到什麼東西。

「呵呵，你真的好笨喔。」她笑著鼓掌。

原來她將手放在我抬頭會經過的地方，我一挺直身子，就會拿自己的頭碰撞她的手。

我摸摸後腦杓，白了她一眼。

「你幹嘛這樣瞪我？」她嘟著嘴。

『妳先打我的咧。』

她盯著我看了好久，重重吐了一口氣，一臉氣憤。

「是你的錯。」她說。

『我的錯？為什麼？』

「不管，蘋果的懲罰第二條，」她說，「不可以對我生氣。」

『我沒有生氣。』

「也不可以頂嘴。」

『那這是第三條囉？』

「還是第二條。」

我瞪大了眼睛，不小心『哇靠』了一聲。

『妳這不是要賴嗎？』

「沒有哇，只是附屬條約而已呢。」

她的表情像極了惡作劇的小孩子。

然而，我樂於如此被捉弄。如果可以的話，每天都來一下子多好。

我無奈笑著看桌面上的小東西，這次我學乖了，沒把頭湊過去。

「看得出這是什麼嗎？」

我搖搖頭。

「這個，」她指著耳棒，「這個是蘋果啊。」

我盯著看了老半天，總算分辨出模糊的蘋果身體，還有蘋果鼻子。

我忘了說，蘋果鼻子就是插在蘋果頭上的蘋果梗。

『原來是蘋果，好難看出來。』

「呵呵，至於這個……」她笑著。

『該不會是什麼火龍果之類的吧。』

「當然不是囉。」

這個是風箏。

Apple 拿起那個耳環，緊緊盯著看，好像透過了那個耳環，可以看到什麼好遠好遠的地方去一樣。

『風箏要幹嘛的？』我說。

Apple視線離開耳環，看著我。

「像這樣。」

她把三個耳棒放在上面，耳環放在下面，並且將耳環下面的鍊子攤平。

「像這樣，就是在風箏上面飛的蘋果。」

『不太像。』

「明明很像。」

我盯著瞧了老半天，勉為其難點點頭。

『為什麼蘋果要在風箏上面飛，不在飛機上面飛？』

「因為我喜歡這樣囉。」

在風箏上面飛的蘋果，難道不怕重心不穩，從風箏上面掉下來嗎？

我很疑惑。

但是Apple告訴我，她一看到這組耳環，就忍不住買了下來。無論如何，她都一定要擁有它們。

她是先看到這組耳環，才決定要打耳洞。

蘋果和風箏，很奇妙的組合。

一邊是蘋果，一邊是風箏。由於她不想拆散了所有的蘋果，所以一邊打了三個洞，另一邊只有一個。

『真是奇怪的理由。』

「很酷吧。」她說，「你要不要也去打耳洞？」

『我是男生咧。』

「為什麼不可以？」

話還沒講完，數學老師走進教室，下課時間結束了。

Apple一把收了桌上的耳環，急急忙忙走回教室前面的座位。也許忙亂當中疏忽了，她落了一個在我的桌上。我頭抬起來準備叫住她的時候，一股強烈壓迫的眼光盯著我。直要讓人呼吸不過來那種。

那個跟Apple去便利商店的男生，回過頭來盯著我，盯著我。

那一瞬間我差點以為自己是獵物，被紅外線偵測槍鎖定了之後，怎麼拔腿狂奔都無濟於事。

一種讓人隱約害怕的感覺。

我捏著Apple遺落下的耳棒，在手指頭之間把玩著。

如果這是灰姑娘的故事，十二點鐘聲響起之前，灰姑娘的玻璃鞋會留在原地，就跟現在一樣。

Apple留下了一顆蘋果給我，可惜卻把風箏帶著走了。

那一堂課，我很認真地聽著老師講解習題，手也沒停過地拚命抄寫著。偶爾我覺得有什麼人盯著我，猛地抬頭，總覺得那個男生幾秒鐘前正看著我。

瞄準著我。或者說，他正瞄準的，是我手裡的蘋果。

🍎 蘋果有了風箏可以在天空飛，那魚呢？魚也可以嗎？

如果生命流動的速度也像猜拳一樣，即使我對自己信心滿滿，也沒辦法在它手中贏上一把。忽快忽慢，然後讓人措手不及。

學期結束之前，我努力準備補考。

也許討厭數學對我來說，是與生俱來的天賦，但這種天賦真是找自己麻煩。尤其當我必須補考第二次的時候。

在那個會面臨留級的年代，很多東西是順理成章。還好最後我通過了補考，在最後一次猜拳，總算贏了一回。

　　補考過後連天空都像替我慶祝一樣，艷陽高照得不像話。這是一九九二年，空氣少了一點哭泣的味道。讓我印象深刻的，這一年夏天雨水來得少，每天都可以看見鄰居們大桶小桶提著水，就擔心停水缺水的時間長了，恐怕得活活渴死。

　　乾燥的空氣逐漸有裂掉的感覺。

　　「跟你說，我最近學會了中國功夫。」

　　『中國功夫？』

　　相隔了一年，史亞明背著包袱，手裡拿著枴杖，留著白亮亮的鬍子，腳步穩健有力。眼神內含神光，說話震懾四方，手裡隱約還展現出幾招武林絕學。

　　才有鬼。

　　他騎著那台摩托車，穿著破爛牛仔褲出現在我家門口的時候，告訴我他最近學會了中國功夫。

　　「你不懂，之前我在念書的時候，都覺得自己全身散發出內力，一直流汗。」

　　『那是因為你沒開冷氣。』我說。

　　「而且我發現，我走樓梯速度愈來愈快。」他湊近我的耳朵，「瞬間移動，你懂吧！」他小聲地。

　　『那是因為你走路沒注意，跌下樓梯。』我說。

　　「最重要的，我在圖書館找到了武林祕笈……」

　　他左右看了看，怕被其他人發現似的，從背包拿出一本書。

　　「我只給你看，不要告訴別人……」

　　我看了看他手中的書，拿過來瞧了瞧。

　　『純情房東俏房……』我還沒唸完封面的書名，他一把將書搶了回去。

「拿錯了，」他把書丟回背包，拿書另外一本，「這個。」

神祕的外丹功。

『就是這個？』我問。

「當然。」

『這個……是我爺爺奶奶早上起床去公園做的……』

「你不會懂啦。」

他珍而重之地收回背包。

一九九二年暑假。

這兩個月我跟史亞明玩得很瘋。

兩個人騎著車四處兜風，到處玩到處跑。我們可以在籃球場打到凌晨三點，然後扛著兩隻腳幾乎用爬的回家。有時候我們會到百貨公司去，然而兩個大男生逛街實在怪怪的。

「逛百貨公司真有點無聊。」他說。

『真不知道女生幹嘛這麼愛逛。』我點頭說著。

我跟他兩個人站在百貨公司門口，人來人往。有情侶牽著手提著大包小包，也有一大群朋友不知道正趕往哪個地方。

「人多得跟熱鍋上的螞蟻一樣。」史亞明說。

『白痴，不要亂形容。』

「你管我。」

我跟史亞明站在路的中央，前面後面熙來攘往的人們，不斷穿越過我跟他。

『我們這樣要幹嘛？』

「等我口令。」

數到三，然後我要跟他一起往上看，看著百貨公司的樓上。

「記得，嘴巴要張開開的，表情生動一點。」

『沒問題。』

一、二、三。

史亞明這個喜歡誇張的傢伙，還故意大叫了一聲。

行經的路人，有些匆忙離開，有的經過時候往我們視線的方向瞄了一眼，有的很乾脆，直接站在我們旁邊探頭探腦。

我忍著笑，尤其看到史亞明一臉認真的樣子。

不管誰湊到我們旁邊，問我們看到什麼，史亞明告訴我，不可以移動視線，也不可以回答。

「兩位同學，請問你們停留在那裡做什麼？」我們兩個被請進百貨公司的辦公室，一個穿著西裝的中年男子請我們喝了熱茶，坐在沙發上問著。

也許我們表演得太逼真了，所以愈來愈多人跟著我們圍在旁邊，抬頭看著百貨公司，然後，保全走了過來，大家都散開了，史亞明跟我還杵在原地。

『我們，在觀察百貨公司的建築風格。』我說。

「是嗎？」西裝男說，「很抱歉這樣告訴你們，但是這樣會影響到我們的顧客。」

「真對不起。」史亞明說。

「請喝茶。」西裝男手指了指桌上的熱茶。

『謝謝。』

這麼熱的天氣要我們喝熱茶，難道這是傳說中的刑求？

我跟史亞明使了個眼色，站起身來。

『如果沒事的話，我們就先離開了。』我說。

「請等等。」西裝男詭異地笑著。

我們大眼瞪小眼，直覺大事不妙。

接下來的暑假，我們大半時間都在百貨公司度過。

西裝男問我們，有沒有興趣到他們公司打工，我跟史亞明都傻了眼。

「我覺得你們兩個很有吸引人潮的能力。」

『吸引人潮？』

百貨公司的父親節特賣會，我跟史亞明兩個人在嘴巴上面黏了兩撇鬍子，一個人手拿著電動刮鬍刀和領帶，另一個人拿著子彈型內褲，在百貨公司門口到處走啊走，吸引顧客注意。

為了分配誰要拿內褲，我們之間起了嚴重的爭執。

拿著內褲是無妨，重點是，拿內褲的那個人，要穿著超人外衣，內褲要穿在褲子外面。最後我跟他猜拳決定，之後的每一天，史亞明都打扮成超人。

「哇賽，怎麼又輸了？」每次猜拳完，他都這樣嘀咕。

『甘願一點啦。』我得意地說。

我們賺了不少零用錢，只要每天換好衣服走來走去。其實這樣的工作有夠輕鬆，只是黏著鬍子的地方，拔下來會連自己的毛都扯掉，很痛。

有一天從百貨公司下班，史亞明載著我準備去吃剉冰。

「張文杰，成績出來了。」

『真的嗎？』

「嘿嘿，當然。」

『怎麼樣怎麼樣？』

「當然是通殺啦！就跟你說我有武林祕笈了。」

史亞明的成績，可以上第一志願。

他告訴我的時候，我替他開心了好久。吃剉冰的時候，我幫他加

了很多料，包括烏梅，百香果，巧克力，草莓，花生醬。

　　他很感謝我這麼替他慶祝，所以在我的那碗剉冰上面，加了一根甜不辣。

　　『乾杯！』

　　我們一口喝完可樂，肚子脹得不得了。

　　「來比賽，誰先把冰吃完。」

　　『我才不要咧……』我話還沒說完。

　　「開始！」

　　『喂！』

　　那天晚上，我們的頭都痛得不得了。

　　兩個白痴。

　　『第一志願啊……』吃完冰，我們到了土地公廟。

　　「我也很意外。」他說。

　　『我也是。』

　　我說完，他用外丹功攻擊我。我哈哈大笑。

　　所謂用外丹功攻擊我，就是站在我的身邊，雙手擺在身體兩側，不停甩啊甩，全身跟著頻率也上下抖動著。

　　我笑壞了：『你這樣攻擊我，好辛苦喔！』

　　「你等等就知道了，你已經內傷了。」

　　『好痛喔！』

　　我捧著胸口，笑倒在地上。

　　打鬧了好一會兒，我們喘著氣在土地公廟裡坐了下來。

　　「我決定，還是讀你們學校好了。」他說。

　　『為什麼？』我大吃一驚。

　　「沒為什麼，離我家比較近。」

『你騎車，沒有差別吧！』

「因為，我不想跟陳艾波讀同個學校。」史亞明笑著。

『幹嘛？』我學他抖啊抖的，用外丹功攻擊他。

「我說過，你泡我的馬子，我也要泡你的馬子。」

『那就去啊！』

史亞明站起來，拍掉我抖啊抖，甩啊甩的手。

「白痴喔，不是這樣啦，看好。」

他很認真地全身開始抖了起來。我笑彎了腰。

「我、告訴、你啦、……我喔，要看到你、把到她之後，再搶……搶過來，這樣、你懂吧，啊啊啊……」

他一邊抖一邊說，像個被閃電打到的食蟻獸。

『你腦子有問題喔？』我搖搖頭。

「走吧。」他說。

『好吧，走吧。』

他沒有載我回家，把我載到 Apple 家樓下，把車子熄火。

『到這裡幹嘛？』我小聲地。

「噓。」

我們點了菸，坐在車上看著 Apple 家。

時間是晚上十一點半左右，寧靜的巷道偶爾傳來幾聲狗吠。

史亞明湊著昏暗的路燈，拿了張發票不知道寫著什麼。

我探頭去看，卻看不清楚。

他走向一台腳踏車，把發票夾在手煞車跟握把的中間。

「大功告成。」他得意地。

『你在幹嘛？』我問。

「泡你的馬子。」他說。

隔天，我接到了 Apple 的電話，在我出門到百貨公司上班之前。

🍎 史亞明說：「中國武術精華，就是外丹功。」

我穿上工作服，黏上假鬍子拿著刮鬍刀在百貨公司外走著。

這一天我覺得更熱了，卻分不出多餘的手來拿水喝。

史亞明穿著內褲，右手拿著商品舉高高，在人群中走來走去。幻想自己是超人的他，在我眼裡感覺倒像自暴自棄。

『你幹嘛這麼 High？』趁著空檔，我問他。

「反正都得做，不如自己尋開心。」

『所以你現在是超人？』

「不，」他正色，「我是會外丹功的超人。」

差不多太陽快要下山的時候，我們躲到陰涼處開小差，史亞明點了根菸遞給我，我搖頭拒絕了。

他自顧自地抽著菸，我坐在一旁看著人來人往。

天正要暗下來，而路燈還沒亮起。

這個時候世界反而是最黑暗的。

走在路上的人，臉都看不清楚。就這樣來來去去，匆匆忙忙。

「我問你，」史亞明說，「你不覺得奇怪，超人為什麼是男的？」

『這個……因為電影這樣演吧。』我說。

「超人是外星人，應該沒有性別的。」

『超人是外星人？』我驚訝。

「是啊，你仒知道喔？」史亞明看著大驚小怪的我。

『這樣超人真可憐。』

不可憐嗎？一個外星來的人，卻要在地球上保護愚蠢又沒能力的地球人，還要穿上可笑的紅色內褲，不是很可憐嗎？

史亞明歪著頭想了一下，說我是神經病，想太多了。

我沒有想太多。

一個跟地球沒關係的人，拚命保護地球，也許等到地球一切都安全了，恐怕就會被趕回外太空去。

『誰叫他不是地球人。』我說。

可憐的超人。

小差開久了，史亞明點了最後一根菸，路燈也剛亮起，灰茫茫的。

我起身準備走回工作的地方，史亞明在我身後，吸著最後一口菸。

「你黏鬍子的造型挺時尚的。」

我轉過頭，Apple 雙手抱胸，微笑看著我。

『鬍子？』我摸摸嘴巴，『真的嗎？』

「嗯，很帥，真的。」

史亞明熄了菸，跟上來湊在我旁邊，一臉賊笑著。

「她怎麼知道我們在這裡？」史亞明湊在我耳邊小聲地。

『超人跟她說的。』

我就是超人。

出門前，我接到了她的電話。接是接起來了，但是手裡差點抓不住。都怪史亞明，在 Apple 的腳踏車上留了紙條。

Apple 看了紙條之後，打電話給我，而我卻連紙條的內容都不知道，只能支支吾吾。Apple 問我，為什麼留紙條在她的腳踏車上，我不敢說那是史亞明放的。

我告訴Apple，我趕著上班，沒辦法聊太久。

如果對於愛情，我跟地球人一樣愚蠢的話，那我相信，再怎麼笨的人，也有突然間受到上天眷顧的時候。

「那我待會兒去你上班的地方找你吧。」

這句話是這個暑假最甜美的聲音了。

Apple帶著飲料過來，充滿歉意地看著史亞明。

「對不起，我不知道你也在，所以……」

沒錯，只有我有Apple的飲料。只有我！

「沒關係沒關係，我無所謂的。」史亞明向我使了眼色。

『他沒關係，像他這種莽夫體質，只能喝白開水。』我說。

史亞明瞪了我一眼。

我們一起走回工作的地方，沒能跟Apple多交談些什麼，拿起商品開始沿街叫賣著，而Apple遠遠坐在一邊，饒富趣味地看著我們。

我覺得有點尷尬，被人這樣看著的感覺渾身不自在，有種想逃離現場的衝動。所幸我沒有逃離現場，沒多久西裝男就來視察，還給我們讚許了一番。

下班了以後，Apple走了過來，耳朵上的耳環晃啊晃，閃著光芒。

「恭喜下班了。」她說。

『讓妳等這麼久，真不好意思。』

「不會。」

我撕下了假鬍子，『唰』地一聲，痛得我忍不住叫了起來。

Apple笑著，把飲料遞給我：「先喝點東西吧。」

史亞明在一旁：「我沒關係，不必招呼我。」

「放心，我不會的。」Apple說。

史亞明臉都綠了。

「你昨天留的紙條……是什麼時候呢？」Apple問。

『昨天的紙條……』我用求救的眼神看著史亞明。

「對嘛，昨天就有人硬要跑去，我不跟他去還哭哭啼啼的。」

史亞明說完，我差點把飲料噴出來。

「真的嗎？」Apple睜大眼睛。

「當然，還說如果不去，他就當場吃大便給我看。」史亞明愈說愈誇張。

「還好我攔住他，真是嚇出我一身冷汗。」

『你胡說八道什麼啊！』我說。

Apple抿著嘴要笑不笑看著我屠殺史亞明。

「那是什麼時候呢？」她問。

『啊？』

史亞明從我的手中掙脫，喘著氣整理頭髮，瞄了我一眼。

「這個禮拜六，」史亞明回頭看著我，「對吧？」

我根本搞不清楚狀況，只好隨便點頭。

「好吧，那就這個禮拜六囉。」Apple笑著，「那我先走了，你們也趕緊回家早點休息囉。」

我點點頭，看著Apple跟我揮手。

「你白痴喔。」史亞明推了我一把，要我追上去。

『要幹嘛？』

「載她回去啊！」

『那你怎麼辦？』

「我自己想辦法。」

史亞明把鑰匙塞給我，用力推了我一把，我一個踉蹌差點跌倒。我回頭給了他一個中指，算是報答了他的這一把。

『Apple！』我跟上Apple的腳步。

「嗯？你怎麼跑過來了？」

『我載妳回去吧。』

「方便嗎？」

我用力點頭。

這個時候路燈總算完全亮了起來，路上車子沒有減少，反而讓我覺得更多了些。Apple坐在後座，傍晚的風吹起來涼涼地，很舒服。

「這車子是你的還是他的？」

『他的。』我說。

「那他要怎麼回去呢？」

『這個……我也不知道。』

「這樣對他眞不好意思。」

『不會啦，他習慣了。』

「喔？」Apple說，「他常把車借你載女孩子囉？」

『不是啦，不是這個意思。』

我一急，車子沒抓穩晃了一下，Apple嚇了一跳，抓著我的腰。

「開玩笑的，別這麼大反應。」

『對不起，對不起。』

「不過……」Apple拉長了尾音，我很緊張放慢了車速，想聽清楚她說的話。

「不過，他眞是一個很好的人。」

『大概吧。』

到了 Apple 家門口，她用手理了理頭髮，胸前抱著手提包對我笑著。

「謝謝你囉。」

『不會。』

我重新發動車子，油門一上，準備離開。

「等一下！」

我緊急煞車，輪胎與地面摩擦發出慘叫。

Apple 小跑步上前來，走到我的旁邊。

「你停那麼急幹嘛，慢慢來就好嘛。」她敲了我額頭一下。

『怎麼了？』

「禮拜六，幾點？」

『大概⋯⋯早上十點吧。』我隨口胡說。

「騎慢一點，禮拜六見。」

『嗯，掰掰。』

禮拜六到底要幹嘛，其實我眞的不清楚。回到家之後我打電話問史亞明，才知道他在紙條上面，約 Apple 出來。

『去哪裡？』

「玩水啊，夏天不就該去玩水。」

『哪裡玩水？』

「海邊，就花蓮囉。」

『這麼遠？』

「放心啦，我有親戚在宜蘭開民宿，不必花錢。」

『眞的假的？』

「我不會騙你的啦。」

我在電話裡頭責怪了史亞明好一陣子。隨便亂留紙條，也不告訴我內容是什麼，把我嚇得全身都發抖。

『對了，你今天是怎麼回家的？』

我拿著史亞明的鑰匙，好奇地問。

「我？」他笑著，「我當然用飛的啊！我是超人咧。」

『你是神經病啦。』

我忘了我剛才有沒有說，在百貨公司前，史亞明把鑰匙塞給我，用力推了我一把，我差點跌得狗吃大便。我回過頭，給了他一隻中指，報答他對我的恩情。

那個時候，他給了我一個拇指。眨著眼睛，拍拍自己的胸膛。

想到這個畫面，我的胸口熱了起來。

好熱。

🍎 **超人是外星人，總有一天要離開地球。總有那麼一天。**

颱風在台灣東北方徘徊不去。

接下來的兩三天內，天空卻晴朗得嚇死人。

偶爾我跟史亞明手上的商品被大風吹走了，會看見兩個人追著一條紅色的內褲在百貨公司門口大呼小叫。

距離約定好的日子愈接近，我的心情就像被大風猛烈吹襲一樣，東搖西晃，左右擺動。

我不只一次問過史亞明，約定好的日期是否要延期，但他總對著我拍胸脯保證，颱風會很識相滾得遠遠的，而天空卻偶爾烏雲密布，像極了我的心情。

接近傍晚的時候，從靠近地平面的角度看過去，天空會出現橙黃色捲成波浪般的雲朵，從左到右連成一片，好像一把金黃色的關刀，直直插入天空的眼窩裡頭，看來沒多久之後，這個眼窩就要淚眼盈眶。

我的身型一點也不夠分量，偶然一陣狂風總讓我站不穩。

距離約定好的時間不到十二個小時，我跟史亞明脫下了一身的疲憊走到停放摩托車的地方。

「慘，後照鏡應該摔爛了。」史亞明將倒在地面上的車子頂起來，心疼地摸摸龍頭。

是風太大了，路旁也倒了不少車子。我跟史亞明好心地將旁邊其他車子扶起來，流了滿頭的汗。

「累得差點都把腸子拉出來寫個慘字了。」史亞明用手搧著風，轉頭對著我。

『沒錯，我累得想把你拉出來的腸子從嘴巴塞回去。』

「你真是我的好兄弟。」

說完，他踹了我屁股一腳。

史亞明要我先載他回家，把車子留給我，讓我明天可以先去載Apple。

到他家門口的時候，他摸摸嚴重變形的後照鏡，要我騎慢一點。

「請假的事，我已經跟西裝男說好了。」

『知道了。』我說，『明天火車站見。』

右手一個旋轉，我感覺到車子用拉扯的速度離開史亞明家門口。

停下車子等紅燈的時候，我看著遠方的天空，在心底暗自祈禱著明天的好天氣，以及即將到來的這趟旅程。

整個晚上，我幾乎靜不下來，沒幾分鐘就站在窗子前面，看著外面的天空。來來回回幾次，連自已都覺得自己傻得過分，即使我整晚不睡站在窗前，該下的雨還是不會停。

那個晚上的風從只開啓一小縫隙的洞裡到處亂竄，發出尖吼聲。

下雨了。

我躺在床上，幾乎整個晚上沒有闔眼。

在 Apple 家門口等了將近半個小時，她才從裡頭走出來。

不是她遲到，而是我早到了。一整晚沒睡，我幾乎要叫人陽公公起床，讓他準時接路燈的班。

Apple 穿著白色的 T 恤，上頭有幾個潦草的英文字。穿著及膝的的牛仔裙，站在家門口拎著行李傻傻看著我。

「你怎麼在這裡？」她瞪大眼睛。

『來……來接妳啊。』

「這樣嗎？」她手撥了撥頭髮，「真想不到。」

我伸手接過她的背包，放在腳踏板上，用雙腳稍微固定了一下。

發動摩托車之後，一直沒有動靜，我忍不住回過頭看了一眼。

『怎麼，怎麼不上車？』我說。

「……我穿裙子。」

我低頭瞥了一眼，拍了自己額頭一下。

『糟糕，這下子糗了。』

「怎麼辦呢？」

『那，妳側坐好了。』我說。

Apple 偏著頭想了好一會兒，點點頭，走到我左手邊。

摩托車小小一沉，真的小小一沉，我感覺到 Apple 上了車，扭轉了油門握把，車子往前衝刺。不到零點幾秒的時間裡頭，我覺得有點

怪怪的，轉回頭去瞄了一眼。這時候，我已經距離Apple家門口二十公尺左右的距離。

但Apple還站在原地，雙手抱在胸前，眼巴巴看著我。

我大吃一驚，回車到原處，停下車子把引擎熄火。

『妳怎麼下車了？』我急切地。

「我沒有下車，是你跑掉了。」她沒好氣地。

『沒上車？』

「我才剛準備要坐好而已，屁股一滑，你就不見了。」

『啊？妳沒受傷吧？』

「還好，」她笑著，「我終於了解什麼是慣性了。」

我不停表達歉意，Apple只是笑笑，沒有生氣。

天空還飄著毛毛細雨，風吹亂了Apple的長髮，她從口袋裡拿了藍色的髮帶，將頭髮綁了起來。

「等一下不准再這樣丟下我。」她說。

『沒問題，我保證。』

「還有，」Apple再一次坐上了車，因為是側坐，所以不得不抱著我的腰。

「這仍舊只是蘋果的懲罰第二條而已。」

這一路上，我戰戰兢兢地小心自己的每一步。

停下來等紅燈的時候，Apple還會站起來，整理自己的裙子。

然後繼續抱著我的腰。

我用最緩慢的速度轉動油門握把，深怕一個衝力太大，又把Apple給留在原地，那我可就罪大惡極了。

雨勢漸漸大了。

寄好車子之後，我們在火車站等著史亞明的出現。

月台廣播著火車即將到站的時候，史亞明從角落走了出來，遞給我一張二十公分見方的紙，拍拍我的肩膀。

『這是什麼？』我說。

「路徑圖，還有行程規畫。」他微仰著頭，「所有東西都準備好了。」

『幹嘛？』我疑惑地。

Apple 也歪著頭，湊在一旁看著紙張上面歪歪扭扭的字跡。

「西裝男說，沒辦法兩個人都請假。」他說。

『那你怎麼不早說！』

「沒關係啦，」他拍拍我的肩膀，「你們去玩。」

「為什麼？那這樣延期好了⋯⋯」Apple 也這麼說著。

『對呀，都約定好了，乾脆延期好了。』

「不至於啦，」他史亞明笑笑，「有問題打電話給我。」

不等我跟 Apple 發出異議，史亞明把紙硬塞在我的手裡，轉過身就走了。我追了上去，拉住史亞明的肩膀。

『你幹嘛不一起來？』我小聲地說。

「趕快回去，不要讓她在那裡等，車快來了。」

『你這樣真的很奇怪⋯⋯』

「現在你也許會恨我，幾天之後，你就會感謝我。」

『感你的頭。』我說。

最後，我跟 Apple 拎著行李上了火車。

依著車票上面的指示，走到座位上坐下。我坐在靠窗的位置，把行李放置妥當之後，我往窗外看了一眼。史亞明在月台上，對著我比出大拇指，另外一手在胸口不停拍著，似乎要我放心，一切有他在。

Apple 一臉興奮東張西望，我雙手搓了搓臉頰，對史亞明回敬了一隻大拇指。

　　火車緩緩向前。

　　Apple 告訴我，我是魚。

　　從那天之後，我第一次回到海邊。

　　而 Apple 就在我的身邊，我一團混亂。

「帶我回家。」我說。帶我回去有海的地方。

第
7
章

關於我們吶！
十七歲那一年，運氣好得我以爲自己飛上了天。
Apple替我們之間下了一個註解：
無論如何都不要改變，讓快樂停留在原地不動就好。

這一趟旅程，像忘記寫上收信人地址的信件一樣，

不知道目的地究竟在什麼地方。

Apple 瞪大了眼睛，一語不發，讓我好生尷尬。

我拿著史亞明寫的東西仔細看了又看，對於充滿不確定的旅程，心裡有點慌張。碰巧我又是慌張界的第一把交椅，幾相交乘之下，我幾乎慌張地像在路上走失的小孩一樣。

「為什麼他不來？」Apple 把我拉回現實中。

『這個……他說他不能請假。』

「只有兩個人，我還以為有很多人。」

『對不起，是我的錯。』

我開始擔心了起來。

我不是個擅長說話的人，對於尷尬的氣氛，更是手足無措。

「沒關係。」她說，「兩個人也有兩個人的玩法。」

『真的嗎？』

「當然，反正都出來了。」她微仰著下巴，「我可是費盡千辛萬苦才得到家人同意的。」

『是喔？』

「我跟他們說，我去參加夏令營。」

火車在鐵軌上行進，轟隆轟隆的。

一夜沒睡的我，幾次都差點兒要打盹，勉強睜著眼睛。

外面的雨越下越大了。

等到我被 Apple 叫醒，火車已經停靠在礁溪。

「下車了！」

Apple 拿著兩個人的行李對著我說。

我慌張站起身，頭撞了鐵架子一下，砰的一聲。

「別著急，慢慢來。」

Apple 拿著史亞明的旅遊祕笈，看了好久。

「走吧！」

『抱歉，不小心睡著了。』

「沒關係，」她拿著那張紙，「接下來就交給我吧。」

礁溪，一個好山好水的地方。

我們循著史亞明的路線走著，中間花了不少時間確認他歪扭的字跡。『礁溪乾麵』他寫成了『礁溪幹麵』，我們兩人笑了好久，不知道史亞明這個時候會不會正打著噴嚏。

「他說不會太遠，走一下就到了。」Apple 指著。

『那我們就出發吧！』

史亞明所謂的『不遠』，讓我們走了將近三十分鐘。尤其拎著兩個大行李，還得分出另外一隻手撐傘。走到有名的『礁溪幹麵』之後，我全身都溼透了。Apple 也一樣。

因為我手上的傘在步行十分鐘左右陣亡在大風當中，Apple 的傘比較堅毅不拔，撐了二十分鐘左右。

好不容易吃完了東西，我們看著史亞明的路線圖，沿路找到他親戚開的那間民宿。

路上經過了一間廟宇，Apple 拉著我的手，我們走了進去。我一邊拿著香，偷偷瞄著 Apple 的側臉，心跳不由自主地加快。對我來說，這樣的情景真是想也想不到。

Apple 求了一支籤，站在香爐前面看了好久。

我想湊上前去看一看，她卻好像收藏著什麼祕密一樣，迅速放到身後，連瞧都不讓我瞧一眼。

「這是祕密。」

而我的那支籤，其實我也看不大懂。

萬般皆如放皆空，蟄伏過後總不同。
久旱之後逢大雨，水過無痕浪無波。

的確，我真的看不懂，畢竟那只是隨機抽出來的一支籤罷了。或許這籤早就已經告訴我，久旱之後會有一陣大雨，而這大雨帶來的大水，會將我沖走。我連掙扎的機會都沒有。

到了史亞明親戚家的民宿，我跟櫃檯表明了來意。

「喔！有、有、有，兩個人喔！」

『是的。』

「只剩下一間房間喔！」

櫃檯的人跟我拚命擠眉弄眼，真不知道史亞明跟她說了什麼。

「沒有多的房間嗎？」Apple 問著。

『對，可不可以多給我們一間？』

櫃檯的人查了好一下子，用著標準的一號微笑看著我。

「沒有咧，真抱歉。」

我跟 Apple 互看了一眼，只好勉強點點頭。

這間民宿相對來說很乾淨，光線也很明亮，應該是相當不錯的。只是這樣一趟旅程，要我跟 Apple 兩個人住在同一間房間裡，說什麼都亂奇怪的，相當不自在。反倒是 Apple 很興奮走進了房間，把行李一扔，就跳上床。

「好舒服喔！」

我默默地把行李放置妥當，坐在房裡的椅子上，看著窗外發呆。

雨小了，剛才的大風大雨好像老天爺開的玩笑一樣。

我在房間裡坐立難安，時不時用眼角偷瞄著 Apple。

「怎麼辦，只有一張大床……」

『沒關係，』我說，『我睡地板就好。』

　　我跟櫃檯多要了一張棉被，以及一張毛毯，打算打地舖度過第一個晚上。櫃檯的人告訴我，住宿的人可以免費使用裡頭的溫泉。

「有溫泉？」Apple眼睛閃著光芒。

『是啊。』

「太好了！」

　　Apple換上泳衣，圍著浴巾走到女湯的時候，我坐在女湯門口的涼椅上發呆。

「你不泡溫泉嗎？」

『不，我怕燙。』

「泡溫泉又沒叫你喝下去！」

　　Apple搖搖頭，逕自走進女湯裡面。

　　她也許不知道，我只是想在溫泉的外面保護她而已。

　　那天晚上，Apple一直告訴我，溫泉有多麼舒服，按摩池有多麼好玩。還告訴我躺在石板床的上面，感覺自己好像烤乳豬一樣，我聽了忍不住笑了起來。

　　我在地板上，聽著Apple開心地告訴我溫泉裡面的景象。我很想告訴她，能夠這樣聽他說話，我覺得很幸福。

　　關上燈準備睡覺的時候，突然一陣沉默讓我覺得心跳聲大得過分。

「你心情不好嗎？」Apple小聲地問我。

『不會，我很開心。』

「感覺不出來呢。」

『怎麼會呢？』

　　我聽見Apple翻身，窸窸窣窣的聲音。

「好像只有我一個人很享受這樣的感覺。」

『不是這樣啦，我真的很開心。』

「那就好。」

也許是旅館的空氣比較乾燥，又或者冷氣開得強了點。我覺得喉嚨很乾很乾。

這一年的夏天，如果硬被畫成一幅畫，應該有紅色，有黃色，綠色。還有海的藍藍顏色。

空氣中可以聞到 Apple 剛洗過澡，淡淡的洗髮精味道，還有颱風剛過去，那點期待的感覺。

我想著出神了，恍惚中似乎聽見 Apple 用極小極小的聲音，不知道說著什麼。我睜開眼，還是一片黑暗。

「你睡了嗎？」

似乎是這樣的聲音，我一時反應不過來，沒有回答。

「你要不要上來睡，比較舒服？」

我的心跳幾乎要打破金氏世界紀錄，冷氣雖然轟隆隆，我還是可以聽見心臟的聲音。

我的脖子汗溼了一片，控制不住地呼吸加快。

「晚安。」Apple 說。

我鬆了一口氣。同一時間，我也感覺到自己的怯懦。

即便如此，即便如此。

我覺得跟她的距離，明顯靠近了些。

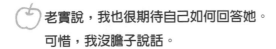
老實說，我也很期待自己如何回答她。
可惜，我沒膽子說話。

後來我告訴史亞明，Apple 問我要不要到床上去睡。
史亞明搖頭嘆氣，告訴我床頭櫃的抽屜裡頭有保險套。
哎呀，我可沒往那個方向想過。

也許那個年紀的我，的確充滿了好奇。只是在Apple的身上，這樣的好奇成為了不會存在的東西，而對那個時候的我來說，這樣的靠近已經是天大的幸運。

即使現在，我依舊這麼認為，沒有一點點改變。

那一天的晚上，我很用力壓抑住自己即將衝出胸口的心臟，然後背對著Apple所在的床，外頭仍舊不時傳來猛力吹襲的風聲。

待我睡醒的時候，天已經亮透了。我睜開眼，Apple坐在床沿看著我，我下意識摸摸自己的嘴邊，抓抓頭趕緊起身。

「你醒了！」Apple笑著。

『早啊。』找抓著蓬亂的頭髮，『妳坐在那幹什麼？』

Apple站了起來，伸個懶腰之後，重新坐了下來。

「我在想，為什麼會跟你在這個地方？」

『啊？在這個地方？』

我不懂。

Apple想著的東西，好像永遠都不是我能夠埋解的範圍。

「你不覺得很奇怪嗎？我跟你，這個地方，這個時候。」

『我不太清楚。』

「沒關係，反正我就在想這個問題。」

Apple若有所思地看著我，我趕緊起身走往廁所。

我明白，這個時候的我說不出什麼好話，也反應不出什麼鳥蛋。

我跟Apple的碰撞，從那個簡單的圈圈叉叉，跳格子玩猜拳的時光，跨過了緊張的隨堂考，在操場鴨子走路。

有張複雜綿密的細網隔在我跟她的中間，回憶裡頭有頑皮跳躍的縱貫線。好像兩個在地上隨意滾動的球一樣。也許有點碰撞，也許彼此在某個地方翻滾著。等待著衝破那張網。

會不會只有我一個人，想衝破那張網呢？

尤其在這麼讓人錯亂，讓人難以置信的時刻。

花蓮的驚奇旅程，才正要開始，我幾乎已經開始擔心，什麼時候這趟旅程要結束了。我盥洗完畢走出浴室，Apple 抱著我的背包，背靠在床頭邊上。

「你把這個帶來了？」

小獅子。

『一直都掛在那裡，也沒拿下來過。』我說。

「是這樣的嗎？」

當然不是。

『大概是吧。』

「很高興你喜歡小獅子。」她說，「我也很喜歡。」

小獅子搖晃著，如同我現在的心情。好像在夢裡一樣。

吃過早飯之後，我們告別了史亞明的親戚，搭車前往花蓮。根據史亞明的說法，花蓮的七星潭很漂亮。

『路程大約三個小時，眨個眼就到了。』史亞明歪扭地這麼寫著。

如果眨個眼就會到，那這個人的眼睛還真他媽的大得誇張。

我跟 Apple 在車上塞了五個小時，中間不知道停靠了多少次，有乘客上車，有乘客下車，只有我跟她兩個人始終堅持坐在位置上。

到了花蓮，Apple 的臉呈現無神呆滯狀態，我沒有好到哪裡去，差不多要被鬼抓去那種神情。

「我們坐了多久的車？」Apple 有氣無力地問。

『大概……要六個小時了。』我看看手錶。

「這樣啊……」

七星潭緊鄰著機場，海防崗哨阿兵哥，都會在碉堡看台上監視著遊客。我們抵達的時間已經午後，遊客三三兩兩並不多。

遠遠的地方，可以看見海跟天空連結在一塊兒，也許因為颱風剛過，海風強得有點誇張，Apple一手掩緊自己的裙襬，另外一隻手按著隨風飄逸的頭髮。

史亞明用紅筆寫著：

七星潭有海防命令，一般百姓不可以隨便撿石頭。

我跟Apple走近海的方向，看見了我這輩子遇過，最大、最大的太陽。我回到了海邊。

如果我已經蛻變成魚，那麼也許我正在沙灘邊上掙扎喘息著。

Apple坐了下來，左顧右盼地四處張望。

『妳這樣不怕裙子弄髒了？』

我走近她身邊，才發現她正撿拾著大大小小的石子。

「噓，小聲一點。」

白嫩嫩的鵝卵石，好像路邊攤販賣的雞蛋糕，只是顏色漂白了。扁扁的橢圓花崗石，像好吃的老婆餅。我忍不住撿幾顆起來，想放到嘴裡嚐一嚐。

「你把石頭放進嘴巴裡幹嘛？」Apple笑著。

『感覺好像很好吃嘛。』

綠翡翠色的青玉石，有觀音佛像的質感。一望無際的海岸線，像隱藏無限寶藏般吸引著我。也吸引著Apple。

我們提心吊膽地撿了不少石子，一個勁兒放進了背包裡。重得我差點提不動。

我在Apple身旁坐了下來，跟著一起欣賞好大好圓的太陽。

迎著海風，我有種幸福的感覺。幸福得好像人生只要走到這個地方就好，其他什麼都不再重要。

就是這片海。

海水漸漸淹了上來，我伸出手，想摸摸海水的冰涼。

「你在幹嘛？」Apple笑著問我。

『我在摸海。』我說。『因為我是魚啊！』

「呵呵，你還記得你是魚！」

『嗯，我是雙魚座。』

Apple雙手撐在身體後頭，盤腿坐著。

「我是水瓶座，可是我裝不了太多的水。」

『這樣比較好哇！』

她轉過頭看著我：「為什麼？」

『免得妳變成馬桶。』

她拍了我肩膀一下，佯裝生氣地：「吼！說水桶就夠過分了，你還說馬桶！」

『可是，馬桶也是一肚子水啊……』我無辜地。

我們待在海邊，一直到幾乎看不見人影，連太陽都要下山了。

喔不，應該說太陽要下海了。

「如果水瓶裡頭的水都流乾了，那還叫做水瓶嗎？」Apple問我。

我聳聳肩，表達自己不知道的意思。

「不過你放心，我不會讓自己流乾的。」

『怎麼說？』

「如果我瓶子裡都沒水了，那你怎麼辦？」

『我怎麼辦？』

「對呀，你是魚啊，沒有水你會死掉的。」

『對喔，魚不能沒有水，那我還真需要妳。』

「真的嗎？」

Apple眼睛眨巴眨巴，瞪大大地看著我。我不知道自己的手該擺到什麼地方，手足無措了起來。

「你真的很需要我嗎？」她又問了一次。

『應該是吧。』

「那我要故意不見。」

Apple狡點地笑了起來，一臉惡作劇之後的開心。

我第一次看見這麼神色調皮的Apple，有點看傻了眼。

「你幹嘛不說話，生氣了？」她問。

『不、不、不，沒有，』我搖手，『沒生氣。』

「少來，你一定生氣了。」

我笑著，沒有回答她的問題。

突然一陣強風，Apple別過頭去，

風吹亂了她的頭髮，好像也吹亂了我的心緒。

也許是Apple搗蛋般的神情迷惑了我，讓我忽略了她說的話。

「那我要故意不見。」

我想是這個原因才對。

也可能因為我到了海邊，一切都不重要了。所以這句話就這樣子被海風吹走。就好像Apple耳朵上的耳環一樣。只有一條細細的線聯繫著。

如果擱淺的魚是死路一條。

那麼我的葬禮，應該就在這片海舉行。

如果妳身上的水，從眼睛流出來，那麼，流乾吧。

就這樣一直從傍晚的海，等待到夜晚的海。從儷人炫目的夕陽景象，到一片黑暗，幾乎什麼都要看不見。

Apple始終坐在沙地上，靜靜地看著海，聽著海。

「你知道嗎，海會吸引人的原因，除了那一片藍，還有藍色的歌聲。」

她說，「可惜海太美了，所以很多人都忽略了海的聲音。」

『我知道這種感覺。』我說。

「真的嗎？」Apple開心地說，「你也知道海的歌聲有多美？」

『我知道。』

這個時候的我，或許只是隨意附和著。但是海浪一朵接著一朵，從遠到近，這是海的歌聲。對當時的我來說，是快樂的。

Apple站起身，拉著我的手在海邊跑了起來，我感覺到手心冒汗。

「我好喜歡海邊，超級超級喜歡。」

『我想我也是。』我對她說。

我們走回下來的階梯處，將階梯上的沙拍了乾淨，坐了下來。

「如果還有機會，你會再來這裡嗎？」她問我。

『一定會！』

「可是我覺得，我大概不會回到這裡了吧！」

『為什麼？』

「我找不到回來這裡的理由。」

這片海太美，歌聲太讓人沉醉。

Apple說，因為現在的她，太快樂了，她不知道下一次回到這裡，是不是會同樣的快樂。

「那麼，讓快樂的印象永遠留著，才是最好的，你說對嗎？」

『可是快樂的事情，應該持續重複才對。』我說。

海風吹著，我感覺到Apple的臉漾起了漣漪。

當然我是看不見她的臉，而臉上也不會有漣漪。

但是我知道，Apple欲言又止的樣子，那個神色。讓我想到小學

的時候，因為丟石頭那件事，老師懲罰我，而 Apple 沒有開口替我辯護的樣子。

「不，有些東西，還是擺在原本的地方才快樂。」

我搖搖頭。

「不要去改變它，才會快樂。」Apple 重複著這句話，好像是什麼至理名言一樣。

那個時候的我，並不了解，這句話已經打開了一道鎖，然後，也關起了一道門。

對於 Apple 的心思，我從來都不是太了解。小時候如此，現在也沒改變過。她總是想得比我遠太多，我即使發狂地在後頭追趕，也很難看到她的背影。

對我來說最重要的，是原先一直只能離著一段遠遠距離看著的 Apple，現在離我不到十公分的距離。

我們坐在階梯上，Apple 拉著我的手。

我以為，我自己以為，這個世界開始繞著我跟她旋轉。

夜晚的七星潭啊！沒有任何的燈光，也沒有嘈雜的人聲。

月亮大大掛在三十度角的天空上，我第一次發現，原來月亮的光線，也可以讓人看見自己的影子。我伸出手，湊著月光的影子，在地面上玩起來。一下子假裝螃蟹，一下子假裝鳥兒。

Apple 看我玩得開心，也扮起蝴蝶。

有那麼一瞬間，我把雙手合起來，規律地左右擺動著。湊著月光，我的雙手假扮成魚，在空氣中游動著。

離開七星潭，我們背著沉重裝滿偷來的小石子的背包。為了不被發現，我們跑遠了一點，從側門走出去。後來路邊的司機阿伯告訴我們，那個『不能偷帶走石頭』規定，是為了制止違法盜採砂石的人，像我們這種遊客，帶回去紀念無妨的。

我跟Apple聽了,看著對方笑了起來。

彼此嘲笑著方才偷偷摸摸的行徑。

踏出離開的腳步,我才發現時間真的晚了,路上的遊客幾乎都走光了。我回過頭,發現Apple落後在我的身後。

她抬著頭看著海的方向,好像尋找著什麼東西一樣。

「再見了,七星潭。」

我跑回去,隱約聽見她喃喃自語著。

搭上接駁車的時候,Apple似乎相當疲憊。她坐在靠窗的位置,頭抵著窗戶發呆著。我拿出兩個石子在手上一上一下地丟著。

「張文杰。」

Apple突然開口喚我,我一個閃神,手中的石子滑了一下,其中一顆打中了她的額頭。

『對不起!』我失措地。

Apple搗著額頭,嘟著嘴似乎很痛。

『對不起、對不起,都是我不好。』

Apple轉過頭來,對我笑笑:「沒有關係的。」

『有沒有怎麼樣?要不要帶妳去醫院?』

Apple伸出食指,戳了我的額頭一下:「你怎麼還是這麼大驚小怪。」

『那妳沒事吧?』

「沒事。」她手放下來,有一小塊破皮,但沒有見血。

「就當這個傷口,還給你好了。」

『還給我什麼?』

Apple指著額頭中央一點白白的痕跡,我想起那個疤痕。

「我覺得,你對我真的很好。」Apple看著我,「真的真的很好。」

『沒有啦……』我不好意思地搔搔頭。

「謝謝你。」

那個夏天是搖晃的，是圓形好像鵝卵石一樣的，也是像海風有一股鹹鹹的味道。

我坐在車上，伸出我的手，好像這個樣子，就可以摸到剛剛在七星潭上的沙，耳朵也因為這樣可以聽見那海的聲音。

對於最後這趟車，我的印象都停留在 Apple 睡著之後的表情。

那種甜甜的，似乎做了個好夢。而我也只能偷偷看著她，即使她已經入睡，我還是沒能直接看著她。

如果那個時候，我勇敢地看著她，不知道後來的事情，會不會有什麼不一樣。可惜人生沒有辦法從來一次，也不能夠兩種人生都經歷過，然後才選擇其中自己喜歡的那一種。

就好像，我只是在月光下擺出像魚在水中游著的模樣。

我的手不是魚，而月光，當然也不是海。

Apple 說我是魚。

可惜，我只是月光下的魚。

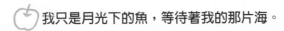 我只是月光下的魚，等待著我的那片海。

第一月台往北，第二月台往南。

踏上了月台，路程就決定了。如果往前站了一步，也許從此就會南北兩隔，距離愈來愈遠。

我聽過一個股票操作理論。當股票開始波動的時候，就如同火車鳴笛準備啓程。你永遠不知道，這支股票下一秒鐘會漲還是會跌。唯一的方法，就是看著火車往前的方向。如果它往你要的方向去，不管它是往北還是往南，即刻上車就對了。

如果行進到一半，發現方向不是自己買的那張車票。立刻跳車。這樣會比一開始搭錯車來的好。掌握了這樣的想法，至少不會讓股票被套牢得太慘。

如果人生也可以像這樣隨便跳車的話，那麼應該就精采多了。可惜上帝就像站務員，你一有什麼舉動，吹著哨子就會趕上前來。

從七星潭回來之後，我似乎上錯了車。

好像那趟旅程只是一個畫面一樣，閃過去之後就永遠不存在。當然也沒辦法倒帶回去。

一切可能都來自於我的怯懦。

離開海之後，我跟Apple的交談少了許多。

如同啓程的時候一樣，我騎著史亞明的車，載著Apple回家。Apple的行囊裡裝著相當多偷來的石子。

沉甸甸地，好像我的心情。

「我快要掉下去了。」Apple在後座對我說。

『怎麼了？』我緊張地。

我害怕Apple像之前一樣，從車上掉下去。

我放慢速度，回過頭詢問。

Apple一手壓著頭髮，微微閉著眼睛。

「我好像快要掉下去一樣的感覺。」

『妳不舒服嗎？』

「不是。」她說。「是一種很放鬆的感覺。」

我幫Apple把沉重的行李提到家門口，Apple還是那個表情，頭左右擺著，好像跟著什麼音樂一起拍打節奏一樣。

「謝謝你，」她說，「辛苦你了。」

『一點都不辛苦。』

「好玩嗎？」她笑著，「你覺得怎麼樣？」

『還不錯。』

Apple 的手，撫上了我的臉。

我心跳加快，覺得喉嚨裡頭有火要噴出來一樣。

「跟你走在一起，有一種很放心的感覺。」

『喔。』我口拙了。

「我剛剛說，我不想回去那片海了。」她撥著頭髮。

『嗯，我知道。』

「但是，如果下次還是跟你去，我想我會考慮一下。」

『我也會考慮一下。』

她敲了我的頭一下。

「我要跟你去，你還考慮什麼？」

『跟妳考慮一樣的東西啊。』

「不要頂嘴，」她說，「蘋果的懲罰第二條。」

『喔。』我無辜地摸摸頭。

她提起了行李，對我揮手。

「不管，下次如果你要去那裡，一定要跟我去。」

『為什麼？如果我想自己去呢？』

「不允許，你不可以自己跑去，了解嗎？」

『了解。』

離開 Apple 家的時候，我也有一種快要掉下去的感覺。我知道了，那是一種很舒服的感覺，一切都很滿足。

『我也好像快要掉下去了。』我說，在摩托車上，微仰著頭。

那一秒鐘，我舒服地快飛上天，而心情卻黏上了一點灰塵，撕也撕不掉。

到那個夏天結束為止，我的靈魂都還留在七星潭的海邊。那些大大小小的石頭上。

　　百貨公司的打工，也隨著父親節過去而結束。我跟史亞明領到打工的薪水，騎著車到山上去，買了一些東西準備好好慶祝。

　　『買那麼多鞭炮幹嘛？』我問。

　　「我想把山給炸了。」

　　『你怎麼不把自己給炸了？』

　　史亞明攤攤手，看著自己。

　　「你不覺得把我炸了，會是社會的一大損失嗎？」

　　『我倒覺得很像除去了一個害蟲。』

　　「我懂了，你忌妒我的帥。」

　　我拿手上喝完的沙士罐子丟他，可惜彈道偏了，掉在地上發出聲響。

　　「你也知道，帥只是一個字，卻是我行走江湖的標誌。」

　　我點了一個水鴛鴦往他身上丟過去。

　　『砰』地一聲，我們都嚇了一跳。

　　「哇靠，你真的拿水鴛鴦丟我！」

　　『我錯了，對不起。』我說，『我原本打算拿大龍砲丟你的。』

　　我們正用力地浪費著青春，青春也恰如其分地讓我們揮霍。

　　十七歲，天空的星星燦爛得不像話，好像再多一點光亮就可以幹掉太陽一樣。史亞明打開了一罐啤酒，『咖擦』地一聲，好像折斷了巫婆的手指頭。

　　「那幾天，你究竟有沒有更進一步？」他抽著菸問我。

　　我拒絕了他遞過來的菸，一屁股坐在地上，對他搖搖頭。

　　「你什麼時候戒菸的？」他好奇地。

『前一陣子。』我說。

『我答應了 Apple。』

「Apple？」

我告訴他 Apple 的懲罰之後，史亞明不懷好意笑了起來。

「有鬼，真的有鬼。」

『有你這個下流鬼。』我說。

「你真的沒對她怎樣？」他說，「親親小嘴，之類的？」

『當然沒有，我不是那種人。』

「摸摸小手也沒有？」

想起 Apple 拉著我的手，在海灘邊上跑著。那天的星星，應該比今天還夠味。

我心虛地對史亞明搖頭。

「虧我還刻意交代阿姨在床頭櫃放保險套。」

『你交代這什麼鬼，無聊！』

「哇塞，你真是狗咬呂洞賓！」

『你不是呂洞賓。』我點了跟沖天炮，咻地一聲飛上了天。

「我不是呂洞賓，」他熄了菸，「但是你是狗。」

『汪汪！』我對著史亞明叫了兩聲，他自覺沒趣，玩起了鞭炮。

「所以，她到現在還不知道你喜歡她？」

『大概吧。』

大概吧。

回程的車上，Apple 摸著被我亂扔石頭弄傷的額頭。她告訴我，有些快樂的事，不要改變會比較好。

在七星潭下垛的階梯上說了一次，回程的車上又說了一次。

「不，有些東西，還是擺在原本的地方才快樂。」她強調著。

『我知道。』其實我根本不知道。

「張文杰，你會把快樂的東西擺在原本的地方嗎？」

『嗯……我不知道。』

「那你答應我，不管怎麼樣，都要這麼做，好嗎？」

我點點頭，捏著石子在手上把玩。原本，我一直都不那樣在意，好像這話不過就是天空其中一顆星而已。

「我們之間，也是一樣，好嗎？」

Apple 看著我，眼神透露著股切。那熱烈的眼光，讓我忍不住想躲開。

『我們之間？』

「答應我，好不好？」

『我們之間？』我又問了一次。

關於我們吶！

十七歲那一年，我的運氣好得我以為自己飛上了天。

Apple 替我們之間下了一個註解：

無論如何都不要改變，讓快樂停留在原地不動就好。

關於我們的那個年紀，其實我什麼都不懂，卻什麼都裝懂。我以為自己好運上了天，其實，十七歲那年，我懷疑自己是不是犯太歲。

「我希望，我們一直維持這樣的關係，永遠的朋友。」

Apple 說完，我對她笑了。

我沒有點頭，沒有搖頭，也沒有回答。

這樣，應該不算欺騙吧。

我們啊。那個夏天的我們，會不會知道現在的我們，是什麼心情？

第
8
章

沒有什麼人可以保證，
十年後的歲月會帶來怎樣的變化。
原來，給一個十年的約定，
是這麼樣地聰明，又如此地殘忍。

史亞明當了我的學弟，每天很高調地在學校走闖。

遇到我要補習的日子，他的摩托車就變成我的赤兔馬，我也就不必擠在公車上趕往補習班。當他把鑰匙塞到我手上的時候，總會用關懷失智老人的表情看著我，好像參加補習班是多麼愚蠢的事。

「開補習班的人，簡直就是金光黨，詐騙集團。」

『補習班是教育機構，很偉大的。』我說。

『你真的被金光黨洗腦了。』

我告訴史亞明，如果有一天我成了偉人，要寫自己的傳記，我一定會在高中這段時間，讓他出了什麼意外不幸身亡。

「如果是這樣，世界就少掉了許多色彩。」

『我後悔了，』我說，『我應該讓你在國小就先夭折。』

不過我相信，根據禍害遺千年的法則，史亞明應該會活到一百二十歲。

十七歲，每天都想著該怎麼玩過二十四個小時的年紀。被一身的制服困在校園裡頭，每天夢想著什麼才是自由。

對我來說，這一塊拼圖總帶上了一點憂鬱的色彩，也許因為我總是害怕別人的眼光，又或者我把自己困在了比校園更不自由的牢籠當中。

有一次，國文老師出了作文題目，就叫做『自由』。

我左思右想了一堂課，最後把空白的作文紙交回去。國文老師把我叫了過去，要我回去把作文完成。

『自由對我來說，就是老師交代的題目，我可以不必寫。』我說。

「這是你空白的理由？」

我點點頭。讓我相當意外的，國文老師並沒有大發雷霆，只叫我在試題紙第一行補上作文題目，然後在上面打上分數。

九十分，那是我拿過最高的作文分數。如果那年聯考也出這個題目，我想我大概會因此落榜。

我追求著自由。

說來也許荒謬，空白的作文可以拿到高分，我想因為國文老師心腸太好。雖然只是巧合，但自由真正的定義，對我來說，也許就像沒寫上任何一個字的紙一樣。

當我費盡心思想說明自由，自由就在這個時候離開。

愛情好像也是這樣。

史亞明把赤兔馬借我補習，我得到了不必擠公車的自由。可是我卻必須騎著車，找車位，我也被赤兔馬奪走了自由。

真令人厭煩的自由。自由鎖住了我的眼光，每回補習即將結束的時候，我總會盯著 Apple 看。

從花蓮回來之後，Apple 偶爾下課還是會跟我聊幾句，但總少了一點溫度。

我拿著鑰匙，期待 Apple 下課走過來，跟我道別。

『要不要……我可以載妳回家。』我對 Apple 說。

「這樣太麻煩你了。」

『不麻煩，一點都不麻煩。』

然後我成了南瓜馬車，只有在這個時候可以載著公主。回到公主的家之後，我就變回了南瓜。

所幸，Apple 不太拒絕我想載她回家的邀約。

我甘願成為南瓜，為了 Apple。

慢慢地，載 Apple 成了一種常態，也成了一種習慣。

於是那個跟 Apple 很好的男生，瞪我的時間也多了。每次一到下課時間，那男生會回過頭，冷冷地瞪著我，然後收拾東西離開教室，

那個速度哪怕叫短跑高手來都會嚇倒在終點線的前面。

這就像一種慣性，只要成立了之後，物體卻會隨著慣性的方向移動。

到花蓮那天的摩托車上的 Apple 也一樣。

隨著冬天愈來愈近，我開始思考著生日禮物的問題。

我從以前的畢業紀念冊上確認 Apple 的生日是二月十五號，卻不知道該送她什麼禮物才好。想送她一束花，又覺得這樣太煽情；送她一個鑽戒，本錢又沒那麼厚，我連普通的戒指都買不起。

最後，我送給 Apple 一個紅色的聖誕老人帽。我準備了好幾個晚上，在帽子的身體裡面加工，讓帽子更有意義。

Apple 生日那天，補習班剛好上數學。那天老師在說什麼，我一點印象都沒有，只想著該怎麼把帽子拿給她。

秒針每走一步，就像針頭扎了我屁股一下，讓我坐立難安。

下課時間一到，Apple 匆忙收拾著東西的舉動，讓我嚇了一跳。我趕緊跟著走出教室，拿著紅色的聖誕帽。

『Apple，這個送給妳。』我叫住了她。

「這個……是？」

『生日禮物。』我說。

「哇，這個禮物……好紅。」

這個形容讓我的臉也跟著紅了起來。

『送給妳，祝妳生日快樂。』

「謝謝你，」她笑著，「我還以為是情人節禮物呢！」

『情人節？』我瞪大眼睛。

「是呀，昨天是情人節。」她拿著紅帽子，「你不知道嗎？」

我搖搖頭。

Apple俏皮地笑著，對我吐了舌頭一下，把帽子收進書包裡。

『等我一下，我收拾東西載妳回去。』我說。

「今天……今天不麻煩你了。」她說。

『不麻煩的，一點都不麻煩。』

「真的不用了，」她笑說，「我今天約了人。」

『這樣啊……』我有點失望。不，我很失望很失望。

「嗯，謝謝你，那我先走囉！」

我收拾好東西，慢步走下補習班的樓梯。不知怎麼地，失望的情緒如潮水一樣湧上來，像那天七星潭的浪。

我在補習班路口，看見了Apple正東張西望著。

下課的人潮簇擁著我的孤單，我手裡拿著摩托車的鑰匙，卻不知道該走到哪個方向。

那一瞬間我甚至懷疑，我會不會連車子停到哪裡，都不記得了。

我跟著人潮走到路口，紅燈的時間永遠讓人不耐，而綠燈亮起要催促人匆忙。我放慢腳步，眼睛時不時瞄往Apple的方向。

慣性被打破了之後，得到的是一路的吵鬧。

我離開等待綠燈亮起的人群，走回先前抽菸那個習慣的角落。

我從書包的深處拿出了一包菸，從答應了Apple不在她面前抽菸之後，一直被我藏在那裡的那包菸。

我全身翻找了好一下子，找不到打火機，就這樣叼著菸蹲在地上發著呆。

我沒有破壞Apple跟我的約定，我遵守著Apple的懲罰。我沒有在她面前抽菸，因為她已經離開我的眼前。

「要不要打火機？」

我抬起頭，那個跟 Apple 很要好的男生走到我的面前。

『謝謝。』我點起了菸，把打火機還給他。

開封過又放了一陣子的菸，抽起來有嚴重的霉味，我抽了一口之後，把菸熄掉。

「抽我的吧！」那個男生說。

我點點頭，從他手中接過了菸，黑色的大衛杜夫，比我抽的紅色萬寶路味道重了許多。

很奇怪地，我跟他蹲在地上安靜抽著菸。一直到下課的人潮都散去了，路口等公車的人也都趕上了回家的車。

「你沒跟 Apple 去慶祝？」那個男生問。

『沒有，』我說，『抱歉讓你失望了。』

「哈哈，你說話挺有意思的。」他拍拍我的肩膀。

『謝謝你的菸。』

我站起身，朝地上吐了口水，對那個男生點點頭。

「你加油吧，Apple 是個好女孩。」

『我知道，』我點頭，『你也加油。』

「不，我沒機會了。」

那個男生又點了根菸，站了起來，拍拍我的肩膀。

「她跟我說你的事，常說。」

『真的嗎？』我隨口回答。

「那個男生……你應該也認識吧？」

『嗯。』

「她也常跟我說起那個男生的事。」

二月十五日，補習班的路口，冷得呼吸都有白色的霧。

那個男生我認識，而且我應該不會忘記。

『賴俊龍的龍，是哪一個龍？』我問他。

「就是我名字的那一個龍。」

『我不知道是哪個龍。』我抓抓頭。

「你會知道的，」他笑著說，「而且知道以後，你一定不會忘記。」

他說對了，賴俊龍說對了，我一定不會忘記。

補習班的路口，讓我意外的，出現的竟是好久不見的賴俊龍。

打破慣性的龍。

我的心就像被 Apple 隨意塞進書包裡的紅色帽子一樣。

凌亂，不堪。

那個男生離開了之後，把菸留給我。

我甚至不知道自己是怎麼騎車回家的，路上有沒有撞到小貓、小狗，我都不清楚。

我把自己撞暈了，在這條感情的路上。

感情的路上，有誰不是發暈了跌跌撞撞，瘋瘋癲癲？

空空的。

到七星潭那天，我坐在幸福的身邊。

因為太快樂了，幸福被我的心跳聲嚇跑了，被我的笑聲趕走了，從那天起，我發現自己離幸福愈來愈遠。

我想複製那天快樂的心情，可是怎麼樣都被那天 Apple 看著賴俊龍的表情給打斷，從此支離破碎。被這樣的感覺掐住了脖子，呼吸愈來愈有眼淚的味道。

果然。有些東西，真的要擺在原本的地方，才會顯得快樂。

Apple 說得沒有錯。

我不知道該拿什麼武器，才可以讓賴俊龍離開。也許什麼武器都沒有用了，都沒有用了。

　　我還是如往常地騎史亞明的摩托車到補習班。

　　下課的時候，Apple還是會過來跟我說再見，只是，我不再開口，詢問她是否要讓我載回家。我技巧性地迴避了當天的一切，畢竟Apple沒有主動告訴我，我也不會問。

　　「張文杰，謝謝你的生日禮物。」

　　『不會，不要這麼說。』

　　對於我精心準備的生日禮物，我只得到這樣的回答。如果回到那一天，我會怎麼跟Apple解釋，我的禮物有什麼涵義？

　　還是就像那天一樣，只是拿給她，然後來不及說話，就讓賴俊龍帶走Apple？

　　如果時光可以倒流，我想做的事情太多了。

　　我想回到前天，把不小心打翻的便當吃掉。

　　我想回到上個禮拜，出門帶把雨傘，就不會被淋溼然後感冒了好幾天。

　　我想回到去七星潭那一天，把所有的畫面用力記在腦海裡，現在就不會一直努力回想。

　　我想回到Apple生日那天，早點告訴她，跟她說聲情人節快樂。

　　我想回到國小六年級，Apple拿小獅子給我的時候。

　　我要回去告訴她，我真的真的很喜歡她，已經從喜歡變成愛了。

　　補習班下課時間，我又拿著菸回到了熟悉的角落。我會刻意躲藏，避免讓Apple瞧見我又開始抽菸。

　　也許我多想了。

　　下課時間的Apple，總是到便利商店門口的電話亭。

電話的那一頭，不知道有什麼重要的事，讓 Apple 每次補習下課，幾乎都緊抱不放。

我的煩悶也許感染了史亞明。我跟他在一起的時候，總是一根菸、一根菸地抽著。

「你最近……月事不順喔？」

『你還懷孕水腫咧。』我說。

「悶成這樣，有沒有太誇張？」

『我沒有悶。』

我最近的心情，只是空氣對流循環不好而已。

「循環對流個屁！」他挖著鼻孔，「到底怎麼了？」

『我在想一個問題。』

「什麼問題？」

『草人跟針線包要到哪裡買？』

「買那個東西要幹嘛？」

『對付你。』

「哇塞，新花招喔！」

『別胡鬧了。』

的確。空氣對流太差，整個心都循環不良。

我跟史亞明並肩坐著，兩個人同時嘆了口氣。

我生日那天，補習班沒有上課。我約了史亞明一起吃了一頓牛排，餐廳桌上剛好點著兩根蠟燭，亂有情調的。但是跟史亞明一起來，也亂噁心的。

我沒有告訴他，這一天是我生日。

他點了丁骨牛排，不知道是手破洞還是關節犯賤，切著切著竟然把刀子切到隔壁的桌上去，害得我不停跟隔壁的媽媽陪不是。

生日就這樣過去，感覺有挺有意思。

離開餐廳的時候，我偷偷吹熄了桌上的蠟燭。

『生日快樂。』我悄悄對自己說。

隔天到補習班的時候，我發覺Apple缺席了。我的心好像跟蹤她到什麼奇怪的地方一樣，找也找不到，順便也將我的耳朵、眼睛一併帶走，老師說什麼，我通通看不見，也聽不見。

「張、文、杰。」

我回過頭，Apple在我身後，雙手背在後面，歪著頭笑著看我。

『妳怎麼在這裡？』

「在這裡等你囉！」

『等我？』

我走到我面前，要我閉上眼睛。

『幹嘛閉上眼睛？』

「不准忤逆我說的話，第二條懲罰。」

我點頭稱是，閉上眼睛，卻偷偷露出了一條縫偷看著。

「你偷看！」

她手在我眼前揮了兩下，我眼皮忍不住抖動了。

『是、是、是。』

「睜開眼睛吧。」

耳環。那個風箏耳環。

『給我這個……要幹嘛？』

「風箏啊，你不喜歡嗎？」

『喜歡啊，』我說，『可是我又不能戴。』

「不必戴著，」她笑著說，「當作紀念囉。」

Apple告訴我，如果她可以像風箏一樣，在天空飛翔，都因為有

我這條線，在地面上拉著她。

『我拉著妳？』我一臉疑惑。

「對呀！」她說，「你是風箏的線。」

『我拉著妳幹嘛？』

「這樣我才不會飛得太遠嘛。」

『飛遠不好嗎？』

「不知道，應該不好吧。」她說，「我有懼高症。」

我笑了。

「生日快樂。」她說。

『嗯？』

「昨天是你生日，對吧？」

『大…大概吧……』

「連自己生日都不記得，」她敲了我的頭一下，

「竟然還記得我的生日。」

『沒有啦，我沒有忘記。』

我坐在摩托車上，看著 Apple。好像不管她走得多遠，只要她一回頭看著我，永遠都有那個最熟悉的燦爛笑容。

「你生日怎麼過的？」

『我……怎麼過。』我說，『跟史亞明去吃個飯。』

「你們感情真好。」

我捏著手裡的耳環，在拇指跟食指之間把玩著。

『本來打算結夥去搶銀行紀念一下的。』

「亂說什麼啊！」她驚訝地。

『開玩笑的啦。』

沉默了好一下子，馬路上一台摩托車緊急煞車了一下，尖銳的聲

音吸引了我們的注意,同時轉頭過去。

「嚇我一跳。」她拍著胸。

『不要怕,沒事的。』

我發動了摩托車,猶豫了一下。

『妳……要不要我載妳回家?』

「嗯,好哇。」

我把風箏耳環放進了口袋裡,Apple坐上了後座。

抬頭看了天空一眼,這一天的月亮好圓,好漂亮。也許剛好是月十五,太陽跟著出來慶祝。

我在天空的下面。

雖然路燈強了點,雖然城市太明亮,月光被忽略了。

但是抬起頭,我看得見月亮。

「你還記得嗎?你是什麼星座。」

Apple坐在後座,手扶著我的肩膀。

『雙魚座,』我說,『當然記得。』

「不要忘記,你是魚喔,呵呵,千萬不要忘了。」

我不會忘記的,Apple。

為了妳,我甘願成為月光下的魚。

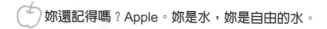 妳還記得嗎?Apple。妳是水,妳是自由的水。

情緒一旦淋到了雨,就算把整顆心都擰乾也無濟於事。

也許青春期就快過完了,我研究了很久,總算在下巴留了一點鬍渣。

Apple說,我留鬍子的模樣很不錯。

我想，既然不錯，就必須讓這樣的感覺持續下去。

可惜我的臉皮太嫩，聽說臉皮嫩的人，不容易有鬍子。

史亞明告訴我一個小偏方，拿生薑擦在想長鬍子的地方，就會長出鬍子。我試了兩個禮拜，總算看見原本細細黃黃的汗毛，變成又粗又黑的鬍子。

我很開心。我距離 Apple 又靠近了一些。

也不知道爲什麼，升上高中之後，我看世界的角度變了。

我總是小心翼翼對待所有身邊的人，深怕一不小心，就沒了彌補的機會。就好像那年的夏天，我一個不小心，黃珮君就離開了台灣。

那句『對不起』就再也沒有機會說出口。

對我來說，生命的光芒就被遮掩了一點，然後一點、一點，生命就會黯淡無光。

史亞明談戀愛了。

對象是一個女同學，有著長長的頭髮，大大的眼睛。

除了髮型之外，其他很多地方都跟黃珮君很相似。不知道是不是他改變自己的標準，或者喜歡的類型不一樣了。

「戀愛就是這樣，對了就對了。」他說。

『你會跟她結婚嗎？』我問史亞明。

「拜託，我才幾歲？」

『那……你就一定會跟她分手囉？』

「這也很難說。」

『那什麼時候會分手？』

「過一陣子再計畫吧。」

我不太懂。

我沒談過戀愛，我什麼都不懂。不過，如果要比誰比較會暗戀，

那我可敢保證自己的能耐，可以出國比賽了。

大概就在他談戀愛的那個時候開始，我養成了寫日記的習慣。差不多也是那個時候，我的世界開始崩壞。而很多東西，也不再踏進來。

我曾經以為很多事情在那一年都已經結束了。

直到現在我才明白，即使經過了這麼多年，沒有一件事情事已經結束的。

大概就是這樣。

我的暗戀，幾乎要被我自己放棄了。

補習班下課的時候，賴俊龍出現的頻率增加了。這麼說不大對，應該說，每次補習班下課，都可以看見他。

於是每到下課時間，世界開始在煙霧當中跳動。

我菸抽得兇了，甚至在學校的時候也無法忍耐。

小過一支。

教官很親切地告訴我，吸菸有害健康。

「你知道吧，我就是因為抽菸，才讓我頭髮掉得厲害。」

「還有，吸菸很臭，所以我到現在還沒結婚。」

亂說。我阿公抽菸四、五十年，我阿媽還不是很甘願。於是我堅信史亞明告訴我的，『飯後一根菸，千里姻緣一線牽』。

不過也是個狗屁道理就是了。

我想了想，事情終於也該從這裡開始，讓自己找到一個結束。是怎麼樣的結束我不敢想，總之，我要畫下一個句點。

句點這個小圓圈，可以是紅色，可以是綠色，可以是黑色，也可以是 Apple 最喜歡的藍色。

　　回頭拿起彩色筆，才發現原來我已經對著這個圓圈，也就是所謂的句點，發呆了這麼多年。

　　這麼多年。

　　我在補習班下課的時候，躲在走廊角落騎樓邊上抽菸。賴俊龍帥氣的模樣沒有改變，聽著隨身聽走向我。

　　「抽菸？」他說，「打一根來吧。」

　　我低下頭，拿了根菸出來：『好久不見。』

　　「你還記得我？」

　　『我說過，我不會忘記你，』我說，『你記得吧！』

　　「你說過？」他點起菸，「哪時候？」

　　『你跟我自我介紹的時候。』

　　時間原來可以讓人遺忘的這麼快。

　　話說回來，也許因為我不該存在於賴俊龍的記憶中，所以我才可以這麼輕易被遺忘。如果我是重要的，或許我就不會這麼容易被遺忘，這麼容易被忽略。

　　那天晚上，我靜靜抽完了菸，面對著賴俊龍。

　　不知道為什麼，在他面前我什麼話都說不出來。我恐怕還活在那個必須抬頭看著他的年紀，總覺得他距離我好遠。

　　「你們在這裡幹嘛？」

　　Apple走了過來，滿臉疑惑看著我們。手搧了搧，把菸味帶遠。

　　「聊天，聊天。」賴俊龍笑著。

　　「張文杰，你抽菸對不對？」

　　Apple皺眉看著我，眼神充滿了不悅，轉回頭去也看了賴俊龍。

　　『我……』我瞄了賴俊龍一下。

「怎麼了，這麼生氣？」

賴俊龍笑著看著 Apple，突然間，Apple 從生氣的表情，轉成嘟著嘴撒嬌模樣。

『對不起，我抽了菸。』我還是看著賴俊龍。

賴俊龍沒有太大的反應，只是微笑著看著我，看著我而已。

「你知道我最討厭人抽菸的。」

我點點頭。

「我說完了，再見。」

Apple 跟著賴俊龍離開我眼前的時候，我又點起了一根菸。這個畫面不就像那一年，石頭大戰的時候一樣。我很想叫住 Apple，問她為何賴俊龍抽菸，她不會生氣。

但我沒有，因為我的怯懦，也因為我提早示弱。

我把菸屁股踩熄了，不過幾分鐘的時間。菸的光火燦爛了幾分鐘，很快就說再見了。

只剩下我，還在原地等候。

我最擅長的，就是等候。

 我很想勇敢一點，但是妳離開我太快，太遙遠。

我寧願我是一尾魚。

用秒數來算，大概有幾百秒的時間過去了之後，Apple 回到騎樓走廊邊上。我背靠在牆上，本來沒有發現她盯著我看。

「張文杰。」她說。

『妳怎麼回來了？』

我的手，在空氣中搧了搧。

煙霧好像飛到離天空非常非常近的地方，可是味道卻一直都在。

「我太生氣了。」她說。

『對不起，是我不好。』我說。

「對不起真的沒用。」

我想再說些什麼，卻發現自己什麼也說不出口。

『對不起。』我還是說了。

Apple伸出手，在我眼前擺動了兩下。

「拿給我。」

『什麼？』

「香菸。」

『抽完了。』

「騙人。」

是真的，我對Apple說。

Apple吐了一口氣，對著我搖搖頭：「我很失望。」

『我也是。』我小聲地。

「什麼？」她偏著頭問我。

『沒什麼，什麼都沒有。』

「你失望什麼？」

『妳聽到了。』我說，『沒什麼。』

那一天的晚上，馬路上車子好多。

最後一班公車也走了以後，我才發現原來我已經待在騎樓這麼久的時間。對那時候的我來說，這已經夠久了，足夠我抽完整包菸。

現在回想起來，其實跟很多等待比起來，那根本不算什麼。

「你失望什麼？」她很堅定的口氣。

『妳還記得小學的時候，那個石頭大戰嗎？』我問她。

「記得。」Apple摸著額頭，「我當然記得。」

『就像那天一樣，大概就是這樣。』我說。

「我不懂。」她說，「講清楚一點嘛。」

『如果講清楚了，那我就不失望了。』我說，

「不要亂說，快點講。」她低頭看了看手錶。

『其實……如果可以說出來，我很早就說了。』

「所以？」

『正因為很多事情不好說，才會造就現在的我。』

「怎麼樣的你？」

那一天空氣有點凝結的。

我拿出打火機，Apple 眉頭皺了一下，我搖頭表示沒有要抽菸。

只是『唰、唰』地打出火花來。

『賴俊龍呢？』

「回家了。」Apple 聳聳肩。

『妳沒跟他一起回去？』

「你想問什麼？」

『我可以問什麼？』

「都可以，隨便你問。」

『妳跟他，交往了嗎？』

Apple 沉默了好一下子，只聽得見路上車子呼嘯而過的聲音，還有我手裡的打火機唰唰的聲響。

「不算是，怎麼了？」

『我很好奇而已。』

「好奇什麼？」

『好奇我心目中的女神，喜歡的會是什麼樣的男生。』

「你是在說我嗎？」

『沒有，我在說隔壁賣早餐的吳媽媽。』

「討厭鬼。」Apple拍了我肩膀一下，生氣地嘟著嘴。

我笑了，突然覺得跟她之間少了很多東西。從花蓮回來之後，這似乎是我最接近她的一次。

「張文杰。」

『幹嘛？』

Apple叫了我一聲，好像多麼慎重似地，深呼吸好幾下。

「很晚了，你可以載我回家嗎？」

『可以。』我說。

車上。Apple抱著我的腰，我覺得手都要抓不住握把，全身發抖。

「張文杰，你真的是一個很好的人。」

『不要這樣說，應該的。』我回過頭。

「你真的是我很重要的朋友。」

『有多重要？』

「永遠都不想失去那麼重要。」

永遠都不想失去那麼重要。

我告訴史亞明，Apple是這麼告訴我的，他開心地在原地歡呼拉弓，不知道爽什麼勁兒。

永遠都不想失去，聽起來真讓人欣慰。

「我看，她大概被你給收了。」

『還被你給吃了咧，什麼被我收了。』

「恭喜你，真的恭喜你，我要開始計畫分手了。」

『分手幹嘛？』

「搶你馬子啊，」他賊笑著，「對吧！」

『如果可以給你搶，我雙手奉送。』

「哇賽，你是慈善家就對了？」

不是啊，我怎麼會是慈善家呢？

那一天晚上，Apple緊緊抱著我，我感覺到很多東西在悸動。

當然，其實我的背上感覺到她的胸部在後面磨蹭，不能責怪我，當時的我，不過是青春期的男生而已，會對女生胸部特別有感覺，是天經地義的。

為了多感受一下這麼貼近的距離，我刻意放慢了速度。

「你這樣的速度，讓人很懷疑喔。」

Apple靠在我的耳邊，這樣對我說，我亂不好意思的。

『想讓妳抱我久一點。』我說，鼓起勇氣。

「你好色，」Apple小小捏了我一下，「魚、水授受不親，我不要抱你了。」

『開玩笑的，開玩笑的。』

魚、水授受不親。

我笑了，忍不住笑了。

到了Apple家門前，我停下車，熄火等待她走進家門。

『趕快進去吧，好晚了。』我說。

「你……」她猶豫了一下，「你還記得花蓮海邊撿的石頭嗎？」

『記得。』

「它們好漂亮，有幾顆晚上關燈的時候，會發光喔。」

『真的假的，可以賣好多錢咧。』

「你就只想到錢，」她嘟嘴，「真的很漂亮呢。」

我不好意思地點點頭，手放在眉毛邊敬禮，表達歉意。

「如果有機會，我們再去一次好不好？」

『當然好哇。』我說，『什麼時候？』

「嗯……」她想了想。

「我現在十六歲，十年後，我們約在七星潭海邊吧！」

『十年後，這麼久？』

「對呀，這樣才有意思嘛。」

『十年後的什麼時候？』

「嗯，你生日那一天好了。」

她掐著指頭，「二○○三年，三月十三日。」

『這樣啊，好吧。』

沒有什麼人可以保證，十年後的歲月會帶來怎樣地變化。

那年的我，沒有機會證明，更沒有機會了解十年後的狀況。

原來，給一個十年的約定，是這麼樣地聰明，又如此地殘忍。

「你怎麼還不快點回家？」她問我。

『看到妳走進家門，我才放心回家。』

「不管，你先回去。」

『不要。』我說，『我堅持。』

「不管，你不可以忤逆我。」

『那猜拳，最公平。』我說。

『還記得規則嗎？』

贏的人可以先離開做任何事情，輸的人只能待在原地。

「但是不可以哭喔！」Apple笑著對我說。

Apple出了布，我一如往常，出了石頭。

我看著Apple走回家的背影，伸出了剪刀。

『Apple。』我小聲地。

我不會哭。

 魚、水授受不親，那魚怎麼活在水裡？怎麼活？

「你知道嗎？海的另外一邊，有彩虹。」Apple 說。

『什麼？海的另外一邊，不就是另外一片海嗎？』

「不，有彩虹，然後我會踩著彩虹過去，踩著彩虹過去……」

過去哪裡？我不知道。

夢裡頭的 Apple 沒有告訴我。

那一天載她回家之後，我突然發現，海的另外一頭是什麼，已經不重要。再也不那麼重要了。也許因為 Apple 跟我約定好十年之後要回到那片海，於是我失眠了。也許因為我心跳聲音太大，吵得自己不敢入睡。於是我失眠了，我感覺到自己掉進一個很深、很深的洞裡，什麼都看不見。

「你知不知道，沒有任何一張紙，可以對折七次。」

史亞明叼著菸，拿著一張白紙折來折去。

『真的嗎？』我說，把白紙搶了過來，『我試試。』

第一次，第二次，第三次。

一到第六次的時候，紙就厚得跟什麼一樣，雖然可以勉強折到第七次，可是沒有辦法固定住形狀。

『這樣勉強可以算對折七次吧！』我說。

「你說可以就可以囉。」

『給點肯定的答案。』

「如果你每一次都得做到自己認為的結果，那結果早就出來了。」

『什麼東西？聽不懂。』

史亞明拍拍我的肩膀，搖搖頭沒多說話。

我不死心繼續追問他，他吐了一口氣，坐了下來。

「你真的對折了七次，那又怎樣？打破了一個規則很開心嗎？其實很多時候，期待結果出來，比認真地想打破結果來得好。想著打破結果，其實結果早就已經在你心裡了，又何必等到親自去嘗試？」

『我不過就是對折了七次罷了。』我說。

「大概吧，也許吧，應該吧。」他說，「最近你總是怪怪的。」

『有嗎？』

「有啊，不要說我了，連豬跟狗看到你，都會嫌你臉臭。」

我的心，被掛在月亮的下面晃啊晃的。

尤其在賴俊龍突然出現之後。

生活裡頭所有的支線好像都被打亂了，補習班下課 Apple 不會讓我載回家，休息時間也沒有人過來跟我聊天打屁。反而是那個跟 Apple 很要好的男生，偶爾會跟我在騎樓邊上抽菸。

那個叫做李振亞的男生，不知道是不是喜歡上我了，跟我愈來愈多話聊。當然我是想太多了。

這麼久了，我始終躲在 Apple 的後面，找到機會就偷偷接近她，偷偷注意她。這樣的心情就像史亞明的字一樣，歪七扭八的。

我知道，如果不告訴 Apple 這樣的想法，我可能沒有機會說出口了。於是我寫了很長的一封信給她，花了我一個多禮拜的時間。

中間撕掉了太多張不滿意的，太矯情的，或者自己看了都覺得噁心的。我把信放在書包深處的夾層當中，始終沒有找到機會拿給她。

或者說，我根本沒有打算拿給她。

會不會有一天，我走在街上忽然間就哭了起來，因為這個時候我沒有把這封信拿給 Apple？

我根本不知道。

期末考結束之後，史亞明跟可愛的女朋友去看電影。他的分手計畫直到高二結束之前，都沒有實現。

我跟史亞明借了車，一個人在市區到處晃啊晃，

沒有目的，也沒有方向。

我到了山頂國小的校門口，發現警衛先生換了一個年輕的小夥子。以前那個滿頭白髮，總是催促我們趕快過馬路的先生不見了。

原本打算走進校園裡頭逛一逛，卻發現這樣的地方離我太遠。

而我，離未來太近。

不知怎麼搞的，我騎到 Apple 家附近。來來回回，一次又一次地繞著。中間甚至車都沒油了，加滿了油，我繼續在附近騎著。

肚子餓了，我點了菸來抽。菸抽完了，我開始咬摩托車握把。

我擔心握把吃完了，要開始啃燙死人不償命的排氣管，我會受不了。因為我怕燙。

於是我還是到便利商店買了包菸，將身上最後四十塊錢花掉。

如果再給我選擇一次，我一定會拿四十塊錢買兩支熱狗，而不是一包菸。到頭來一包菸帶給我的只有空虛，還有填不飽的肚子，什麼都沒有。我想我死後如果到地獄去，恐怕會發現地獄的大門口，所有人的嘴裡都叼著香菸。

就這樣從下午，到晚上。我不時摸著口袋裡那隻小獅子，好像這樣的動作，會帶給我多大的勇氣一樣。

小獅子，菸，摩托車。

晚上十點多，我把車子停在距離 Apple 家二十公尺左右的地方。

遠遠地，寧靜的巷道有著快樂的談笑聲。我在二十公尺外頭，看

著Apple跟賴俊龍並肩走著，快樂的聲音響徹雲霄。

從黑暗中往他們的方向看過去，我一度認為Apple的視線往我這個方向看過來，我下意識地低下頭，才發現自己多想了。

她根本沒往我這個方向看。或者說，從來沒往我這個方向看過。

我的心有種被撕裂的感覺，雙手用力捏著摩托車握把，卻沒辦法把力氣完全消耗殆盡。

我只能遠遠看著，傷口汩汩地流出血來。

最後一個畫面，賴俊龍跟Apple道別之後，Apple站在路邊望著賴俊龍離開的背影。

我在她的身後，於是我看不見當時她的表情。

是笑著的？或者，是不捨的？還是開心的？

不知道哪裡來的勇氣，我騎著車子，從她的眼前經過。

這麼寧靜的巷子裡，摩托車的聲音突兀非常。我的心跳聲卻幾乎可以掩蓋什所有的聲音一樣，充斥在我的耳朵裡。

「張文……杰？」聽見Apple的聲音之後，我停下車子。

「張文杰，你怎麼在這裡？」我聽得見自己的鼻息聲。沒有回頭。

「哈囉，你怎麼不說話？」

摩托車熄火之後，我轉回頭去。

『這麼巧？』我說。

「巧？這裡是我家咧。」

『也對，是妳家沒錯。』

「你在這裡幹嘛呢？」

『我剛好經過。』

我用眼角餘光瞄了賴俊龍離開的路口，只剩下路燈還在值班。

「剛好經過？你要去哪裡這麼剛好？」

『也沒有要去哪裡，就剛好經過這裡而已。』

「是嗎？」

『妳……這麼晚還沒回家？』

Apple 低下頭，看著手錶：「嗯，我剛回到家。」

『去哪裡玩了呢？』

「逛逛街，看看電影囉。」

『真好，』我說，發自內心地，『真羨慕妳。』

「你也可以去看電影啊！」

『可惜，沒人會陪我去。』

我手放在口袋裡，緊捏著小獅子。

「怎麼會呢？你可以找史亞明啊，你們感情很好不是？」

『他啊，跟女朋友逍遙去了。』

「真的嗎？」Apple 笑著，「聽起來很幸福。」

『所以囉，沒有人陪我去看電影。』

「這麼可憐，是你太孤僻吧！」

『應該吧，我也不知道。』

我說完，突然一陣沉默，空氣都要結冰。

『不然，妳哪天有空，陪我去看電影好了。』我說。

「你是在約我嗎？」

『算吧。』

「哪有這麼隨便的邀約！我是女孩子咧。」

『好吧，那算了。』

我真想掐死自己，然後把自己扔到垃圾掩埋場。

「你趕快回家吧，好晚了呢。」她看了看手錶。

『嗯，好吧。』

我心臟突然糾結了。Apple 沒有回答我的問題，讓我很失望。

「找個時間，我再讓你請我看電影囉。」她說。

我的心情振奮起來，話語恐怕掩蓋不住開心。

『真的嗎？什麼時候呢？』

「找個時間囉，只要有機會的話。」

『嗯，有機會的話。』我發動摩托車。

「你到底為什麼會在這裡出現？」

『時間晚了，妳趕快回去休息吧。』

「那到底為什麼呢？」

『今天又逛街又看電影，一定累了。快去休息吧！』

「是什麼原因呢？」

我看著 Apple，說不出話來。

「什麼原因呢？」

『我……有東西要拿給妳。』

「什麼東西？」

我鼓起勇氣。

『這個。』我從書包裡拿出長達七頁的信。

「這是什麼？」

『給妳的。』我說，『我走了。』

「等一下。」

Apple 接過我的信之後，一個箭步向前，拔了我的摩托車鑰匙。

「急什麼？」

『讓妳早點回去休息。』

「等我看完才准走。」

Apple 拿著鑰匙，走到門口電燈下面，讀著我寫給她的信。

我坐在車上不知所措，差點想棄車逃逸。

不知道過了多久，Apple叫著我的名字。我走到她面前。

「這是寫給我的？」

『妳看完了？』

她點點頭。

『那好，妳看到了不該看的東西，我必須滅口。』

「你胡說什麼？」她打了我肩膀一下。

『我開玩笑的。』

「有些東西不能開玩笑的。」

『我知道。』

「你裡面寫的東西，都是認真的？」

『騙妳的啦。』我笑著說。

「張文杰，我很認真。」

　也許我被Apple認真的表情嚇到了，我突然說不出話來，只『嗯』的一聲，然後慌張地點著頭。

　「其實我很開心，真的很開心。但是，有些東西會破壞掉原本的關係，你覺得，這樣好嗎？」她問我，非常、非常認真地問著。

　『我，我不知道。』

　「有些東西被破壞之後，永遠都回不去了。」

Apple看著我，眼神卻似乎望著遠方。

之後的時間，我跟她的沉默並肩坐著，在這樣的黑夜裡頭。

那天晚上沒有月光。

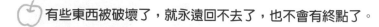 有些東西被破壞了，就永遠回不去了，也不會有終點了。

第 9 章

我是這樣等著這場大水退去，
隨著我眼睛裡的水，一秒接著一秒，慢慢等著。
可惜我不知道，大水從這個時候開始，不曾退去。
我就這麼活在水裡。

「這裡。」

Apple手指著她的左前方。

『什麼？』我抓著腦袋瓜子，不懂她說什麼。

「你信裡面說的啊！所以，」她繼續指著，「這裡。」

『那裡？』

「我手指著什麼方向，你就會在那個地方出現，不是嗎？」

我下了摩托車，往她的左手邊走。

到了定位，我把右手放在眉毛邊上，跟她敬禮。

像個童子軍一樣。

不管妳手指著什麼方向，不管什麼角度。

Apple，我永遠都會出現在那裡。

這麼久以來，我不會記得那封長達七頁，不知道幾千個、幾萬個字的信，裡頭到底寫了什麼。就算我知道，我也不願意這麼赤裸裸擺在面前。

因為Apple的這個動作，我永遠記得我說過這句話。我永遠都會出現在那裡，不管她的手指向什麼地方。

那一天我距離Apple很近。

我舉起的手，被Apple的笑容融化了。

她走過來，輕輕地把我的手拉下。

「你不要對我這麼好，我會感動。」她說。

『我就是希望妳感動，好感動好感動的那種。』我說。

「張文杰，這樣對我來說，很殘忍。對你也是。」

如果這是最後的終點，我不希望在這個地方停靠。

對我來說，魔鬼在這裡對我大聲吆喝，我充耳不聞。

好殘忍。

我不明白為什麼這樣對她來說是殘忍的，至少當時的我不懂。

甚至現在的我也不懂。

每個人都像一塊石頭一樣。有的人白白橢圓形，像那天在七星潭撿的。有的黑黑充滿了稜角，路上隨便撿都是。

我會是什麼樣的石頭，連我自己都很想知道。會是那天讓我們讚嘆不已的鵝卵石，還是路邊不起眼的小石子？或者昂貴的花崗石，大理石？

有些事情還是不要破壞的好。

Apple這樣告訴我。所以我必須認清楚，自己究竟是什麼樣的石子。

當我這麼想的時候，世界被我拉回了那天夢幻似的七星潭海邊。

我才驚覺，我怎麼會是石子？

我，根本就是魚。

我妄想脫離海中，於是我注定被我的鰓拋棄。

時間是一九九三年。

這一年，我上了高三，也是學業壓力最重的時候。也是在這一年，也許有人忘記了，麥可喬丹拿下了三連霸。

我並不喜歡喬丹，單純因為大家都崇拜他，認為他是神，是拿著籃球降臨在地球上的神。

也有人說他是外星人。

也是在這一年，他宣布退休，從此以後，我再也看不到一個改變地球慣性的傢伙，在電視上拿著籃球飛來飛去，操縱比賽就像那是他手裡辦家家酒的積木一樣。

我才發現，沒有喬丹的NBA，是多麼無趣。

就像沒有 Apple 的世界一樣。

我告訴史亞明，我大概被 Apple 拒絕了。
史亞明說，如果她自己也覺得殘忍，那麼我一定還有機會。
因為她會掙扎。

我的世界在這個時候終於出現了反派，那個人的名字叫做賴俊龍。

賴皮的賴，英俊的俊，賴俊龍的龍。
通常連續劇裡面的反派都不得好死，所以我一定還有機會。
「尤其我是正義的化身，善良的使者，你放心。」
史亞明很認真地這樣對我說，我有點感動。
『但是我還是覺得你比較適合當反派。』
「你適合當蘋果派。」他說。
『你確定嗎？』
「當然，你一臉蘋果派的樣子，跟 Apple 多合適。」
『我是說，你確定我還有機會嗎？』
他聳聳肩：「誰知道，至少不要放棄。」
『很難。』我說。
「孩子，你知道嗎？我曾經喜歡一個女孩子，卻始終沒有告訴她。現在她已經離開很遠很遠了，我放棄得太早了。我不希望你跟我一樣。」
『你是說黃珮君？』
「沒錯，孩子，我希望你比我強。」
『強你的鳥蛋，你還真的以為在拍廣告？』
　也許是史亞明的話激勵了我，不過在我看來，其實他的話不過是替我找到了一個出口。

　　找到一個出口說服自己，總會有某個方向才是自己想要的，只是當下的我總沒勇氣做下決定。聽了其他不相關的第三人加強了自我的意識，即使錯誤了，也可以替自己找到個藉口。

　　嘿，當初我是聽他說，才這麼做的。

　　這樣失敗雖然好笑，但那不是我的自由意識。幹嘛這樣，我是被騙來的，我只是跟著鄉民進來看熱鬧的。

　　我只不過不小心踏出了這條線，了不起我退回去就是了。

　　如果可以這樣退回去的話。

　　這一年的七夕情人節，牛郎跟織女在空中相會。聽說他們是踏著鵲橋在天空面見面的，所以對七夕來說，小喜鵲才是最無辜的。

　　誰知道每年到了七夕當天的早上，喜鵲A會不會對著喜鵲B說：

　　「聽說今年織女又胖了。」喜鵲A焦慮地說。

　　『不是吧，難道伙食一年比一年好？』喜鵲B掉下眼淚。

　　「撐著點，很快就過去了。」A拿出衛生紙交給喜鵲B。

　　『各自保重。』

　　如果是這樣，那浪漫的七夕情人節，就是建築在喜鵲的悲傷中。

　　『小心點，去年我被牛郎踩傷了肩膀，骨折三個月。』

　　最後，喜鵲B不忘殷殷交代著其他喜鵲。

　　果然是悲傷的七夕情人節，連喜鵲都得掉下眼淚。

　　我想，地上的人們或許不吃這一套。我們歡天喜地的慶祝，驚天動地的計畫著，幻想出一齣轟轟烈烈的劇本。

　　偶爾，我們還幻想自己是織女，或者牛郎。

　　就是不會想像自己是被踩的喜鵲。

　　我也是。

當我得知了縣政府舉辦七夕情人晚會的時候，我就開始幻想轟轟烈烈的劇本。我拿著寶劍穿著披風，Apple 一頭捲髮頭上有皇冠。或者我拿著鮮花一身亮麗西裝，Apple 公主般穿著性感的短裙。

　　這個劇本沒有巫婆，沒有壞人，只有我跟她。

　　這是我的希望，很深、很深的希望。

　　七夕前的一個星期，我寫了一封邀請函給 Apple，放在她的腳踏車上。

　　一如之前史亞明幫我邀約她一起去花蓮海邊一樣。

　　我在深夜偷偷摸摸到 Apple 家的門口，遠在巷口大老遠的地方，就將摩托車熄火，深怕太大的噪音，吵醒了這麼幸福的計畫。

　　我躡手躡腳地，慢慢往心中的幸福靠近。

　　一九九三年八月。

　　七夕情人節之前，下起了一場大雨，足足下了三天。整整三天。

　　農曆七月五號，雨停了，當天晚上的月亮不是最圓的，卻一樣美麗。

　　我站在陽台上，雨剛停的空氣裡還有潮溼的悶熱，這時候的月光，更顯得獨特不可侵犯。

　　我開始折紙。

　　我拿出所有可以找到的白紙，試著對折七次。

　　每一張、每一張都是。如果我可以成功把一張紙對折七次，我想，我就可以在七夕那一天，踩著哀哀叫痛的喜鵲。

　　月光看來透明灑在陽台上，我睜著眼睛迎接月亮。

　　一邊折著紙，偶爾抬頭看著天上。有時候，我的手停下來了，忍不住湊著月光，雙手合十，在月光下擺動著。

為了妳，Apple。

我甘願成為月光下的魚。

🍎 **如果真的可以對折七次，在七夕這一天。**
　　神明說，願望都會實現。

第四十三張的時候，我成功了。

我欣喜若狂地對著鏡子大吼大叫。我打敗了神話，也創造了神話。

雖然這只是史亞明那個神經病說的話。

我拿著手上的完成品，對著天空許下了願望。

我希望，這個情人節會讓我永生難忘。

史亞明載著我到縣政府廣場的時候，不過是下午兩點多。

他趕著跟女朋友去看電影，只拍拍我的肩膀，要我好好加油。

我在縣政府前的麥當勞坐了一會兒，看著這一天的人來人往。看見有情侶的人牽著手幸福洋溢地經過我的眼前，我衷心地祝福他們早日分手。看見孤單的人一臉落寞的發呆樣子，我希望他待會兒走路踩到狗屎。

約定的時間，在傍晚五點半。

天空意外的晴朗，甚至過分炎熱。夏天一如往常這樣赤著腳走過來，然後時間到了又赤著腳走回去。

我走到麥當勞門口，點起了菸。下意識摸摸自己的下巴，出門之前我刮了鬍子，刻意漏掉下巴的這一小撮。

Apple說，我留鬍子的模樣很好看。

我希望用我最好看的樣子面對她。

人開始多了起來，傍晚時分的縣政府廣場，開始嗅得出熱鬧的氣氛。

　　從二樓玻璃往下看，一堆人頭在下面鑽來鑽去，好像我伸出手指頭，就可以輕易揉死幾攝小情侶。

　　我總會不經意抬頭看著天空。我想看看，是不是真的會有喜鵲出現在天上，牛郎、織女會不會真的在這一天相逢。

　　織女會不會穿著迷你裙，然後不小心露出了小內褲。

　　胡思亂想了好久，天空才正要慢慢暗下來的時候。

　　我看了看時間，走到我跟 Apple 約定好的地點。

　　然後等待。

　　對我來說，等待是最不花費力氣，也是我最擅長的。

　　成群的人從我身邊走過，好像趕赴什麼重大的集會一樣。他們有的人是紅色的，有些是藍色的。有些是白色的。

　　這場喜宴，充滿了不少過客，對他們來說，我或許也是個過客。

　　遠方廣場中央，開始放起了水舞，跟隨著音樂聲，我發現聚集的人們開始熱絡了起來，熱熱鬧鬧，開開心心。

　　對折了七次的白紙，我放在褲子右後方的口袋裡。

　　無聊的時候，我會把手伸進去摸兩下子，總覺得這樣的動作是個儀式，多摸個幾下，我之前許下的願望就會實現。

　　有了這樣的信仰，等待似乎也不算什麼了。

　　於是我從水舞開始，等到水舞結束。主持人拿著麥克風大聲嚷嚷，到大家安靜下來，聽著不知道什麼音樂。

　　我始終等待著，好像海裡的魚，等待著一波接著一波的浪潮一樣。

　　一直到晚會的尾聲，現場放起了煙火，在大家的驚呼聲中，一彈

接著一彈的絢麗光芒在天空炸開，一朵一朵的花好像祝賀著全天下的情人，也像恭喜著一年相會一次的牛郎織女一樣。

我持續等待著，直到人群散去，大家的笑容還留下了一點點溫度的時候。等到晚會的燈光都暗去了以後，我才拖著沉重的步伐，離開約定的地點。

『你回家了？』我打電話給史亞明。

「是呀。」他說，「怎麼了？」

『來載我。』

我一語不發坐在摩托車上，讓史亞明載著我，吹著風。

到了史亞明家，他把鑰匙塞給我，拍拍我的肩膀，要我騎車小心點。然後走進家門。

我把自己擺在摩托車的坐墊上，我甚至不認為那是『坐在』上面。

耳朵還轟隆隆的，剛才的煙火還留在腦子裡面，一次又一次地炸開，落地。炸開，落地。

我真的不知道自己是怎麼回到家的。

尾生與女子期於梁下，女子不來，
水至不去，抱梁柱而死。

我知道自己成尾生，但這究竟算不算我與 Apple 的約定，我不知道。

我在陽台上，七夕這一天的月光，比折紙那一天的月光，更完美了。我知道，我許下的願望實現了，這一天果然令我相當難忘。

大水來的時候，我接到了 Apple 的電話。

那一瞬間，我才知道我真的抱著梁柱。

「張文杰。」電話裡的 Apple 說。

『嗯。』

「情人節快樂。」

『……』我沒說話。

我不知道該說些什麼，只覺得眼眶熱熱的，好像剛才在縣政府廣場上爆開的那些煙火一樣。其中一些落在了我胸口，在眼睛裡開出了一朵花。

我是這樣等著這場大水退去，隨著我眼睛裡的水，一秒接著一秒，慢慢等著。可惜我不知道，大水從這個時候開始，不曾退去。

這是大水第一次降臨，也許再也沒有下一次也說不定。

我就這麼活在水裡。

我發現我無法睜開眼睛看著這一切。越是睜開眼，越發現這樣的空間太螫人雙眼。

我是在這個時候，體會到洋蔥理論的。

電話裡的 Apple 還是一樣，聲音一樣，說話的節奏一樣。甚至連偶爾傳來的鼻息聲，頻率都是一樣的。

好像在水裡跳動一樣，咕嚕，咕嚕。

我沒有辦法聽清楚她說著些什麼，我只知道努力地讓自己的眼淚不可以掉下來。

我答應過 Apple，我不可以哭。

我必須堅守約定，就如同信仰著 Apple 說過，我是魚。

我就這麼在水裡了。

「你現在來找我，好嗎？」

『好。』

我拿著鑰匙，走出家門。

或者說，游出家門。就在這樣的月光下。

就在這樣的月光下，我貪婪地游著，游著。

到妳身邊去。

Apple 站在家門口，穿著藍色的 T 恤上衣，深色刷白的牛仔短褲。一頭長髮用紅色的髮帶繫著，簡單俐落的馬尾在後腦杓甩啊甩。

車騎到巷口，我放慢了車速，從遠遠的地方看著路燈下的她。

我知道我是開心的，至少我接到她的電話時，毫不考慮立刻點頭。握著話筒的手，甚至一點猶豫都沒有。

於是我到了巷口，才發現即使我跟 Apple 距離不過幾步，卻必須走好久、好久。

我摸摸下巴的鬍子，將摩托車熄了火，緩慢地滑到她的面前。我稍微轉過頭去看著 Apple 家門前的腳踏車，我的信，或許還在那裡。

「你來了！」她開心地說。

『我來了，我說過我會待在原地的。』

「帶我去逛逛，好嗎？」

『妳……要去什麼地方嗎？』我指著她手裡的背包。

「帶我去逛逛，好嗎？」

我沒有多問，對著她點點頭，把摩托車架好之後，走向她腳踏車停放的地方。如我所料，我的信還靜靜躺在那裡，沒有被移動過。

我將信塞進口袋，看著一臉疑惑的 Apple。

「那是什麼？」

『上車吧，坐好喔。』

「你先跟我說那是什麼嘛。」

『我等會兒告訴妳。』

背包放置在腳踏墊的地方，我發動摩托車，等待她上車的動作完成。

「你要帶我去哪裡？」

『妳想去哪裡，我就帶妳去哪裡。』

「那帶我去喜馬拉雅山。」

『走吧。』

　　我說，『走吧』，於是整個世界都跟著我們兩個人旋轉。

　　我當然沒辦法帶她到喜馬拉雅山，那裡太高，太遠，太困難。我很自然地帶著她到縣政府廣場，剛剛的熱鬧就像一場夢一樣，散場之後什麼東西也沒有留下。

　　只是豎起耳朵聽，好像還會聽到剛才有對小情侶在這裡吵架了，空氣中也還有他們牽著手的溫度。

　　我將車子停好，坐在廣場最後面的椅子上。

『怎麼這麼晚了，還要出門呢？』我問。

「因為今天是情人節啊。」

『是這樣啊，』我點點頭，『那怎麼慶祝情人節呢？』

　　Apple 笑笑，沒有回答我。

　　我摸摸褲子口袋裡的那張折紙，掏了出來，遞給 Apple。

『妳看。』

「這是什麼？」

『妳有聽過一個說法嗎？一張紙沒有辦法對折超過七次。』

「騙人，我才不相信。」

『妳等我。』

　　我打開摩托車的車廂，找了一下，找到一張不知道什麼科目的考卷。

　　翻過正面，發現上面分數打著『0』，署名是史亞明。

　　我忍不住笑了。

　　『妳試試！』我將紙遞給Apple。

　　「我成功了怎麼辦？」

　　『妳說呢？』

　　「你要陪我玩一個遊戲。」

　　『沒問題，一百個都沒問題。』

　　「不要一百個，」Apple認真地看著我，「就一個，一個就好。」

　　『沒問題。』

　　「答應我了喔，不可以賴皮。」

　　Apple低下頭，拿著史亞明零分的數學考卷，不停試著。

　　我站起身，伸伸懶腰，看著一臉認真的Apple，不知怎麼地，突然有點好笑。

　　「你笑什麼？」

　　『沒什麼，想到一些好笑的事情。』

　　「什麼事？」Apple看著我，「說來聽聽啊。」

　　『如果史亞明知道，我們拿著他零分考卷玩遊戲，不知道會怎麼想。』

　　「應該覺得很榮幸吧。」她笑著說。

　　試了老半天，Apple終於還是放棄了。

　　「真的沒辦法耶，我從來不知道有這回事。」

　　『其實，』我拿出我的折紙，『還是可以成功的。』

　　Apple接了過去：「可以拆開來檢查嗎？」

『可以啊。』

一、二、三、、四、五、六、七。

她將紙一次打開，仔細數著。

「真的七次耶，你怎麼辦到的？」

『聽說在情人節這天，成功對折七次，許下的願望就會實現。』

「真的嗎？」

『不知道，我就許下了願望，然後努力讓它成功。』

「你許什麼願望？」

『我希望，這個情人節會讓我永生難忘。』

「成功了嗎？」

『還不知道，』我看著手錶，『今天還不算真的過完。』

「希望你的願望會實現。」

『我也這麼希望。』

我看著 Apple 腳邊的背包，心裡亂糟糟的。

「張文杰，你還記得七星潭嗎？」

『當然啊。』

「我真的很希望，有一天可以跟你再去一次。一次就好。」

『我也希望，不過那是十年後的事，不是嗎？』

「你還記得喔，呵呵，我都差點忘記了。」

誰會知道十年後，發生什麼事情呢？

會不會世界末日真的在一九九九年來到，我們都活不過二十世紀呢？

把未來綁在某一個約定之下，似乎這樣的日子會好過一點。

十年之後，我希望自己可以跟 Apple 再次回到七星潭。那個時候的我，應該不會像現在一樣怯懦吧。

我也不知道。

月亮好大。

Apple拿著折紙，努力研究如何可以對折七次，來來回回好多次。

我看著Apple，突然有一種回到過去的感覺。

這時候她的表情，像極了小學時候，跟我待在樓梯間玩猜拳的時候。神情是那麼類似，是那麼樣熟悉。

『妳如果成功對折七次，妳會許什麼願望？』

「我希望，我可以長高。」她笑著。

「我到現在還不習慣，自己比你矮。」

『難道我要像國小的時候一樣嗎？』

「這樣不好嗎？在我的腦海裡，你一直都是那個樣子。」

『對我來說，妳也是。』

「張文杰，你可以陪我到天亮嗎？」

『天亮？』

「可以嗎？」她說，「今天就好，求求你。」

『是沒問題，但是到天亮要幹嘛？』

「我要去一個地方。」

『什麼地方？』

Apple把折紙還給我，繼續低下頭折著史亞明的考卷。

「張文杰，你知道嗎，我必須去台北一趟。」

『台北？去台北幹嘛？』我抓抓頭髮。

「等我一下，快好了。」

Apple，妳永遠都是這麼認真的樣子。

即使只是一個遊戲而已。

不知道等了多久，她總算勉強將紙對折了七次，只是第七次總是沒辦法安分地維持原本的形狀，必須用手捏著，按壓住才可以。

「我成功了！」

『恭喜妳。』

「來吧，你要陪我玩一個遊戲。」

『什麼遊戲？』

「真心話。你玩過嗎？」

『沒玩過。』我說。

「就是你問我一個問題，我也問你一個問題，然後要老實回答。」

『這麼無聊的遊戲？』

「不會無聊的，玩一下嘛。」

『好哇。』

我轉過身斜坐著，面對 Apple，下意識摸摸下巴的鬍子。

『誰先開始？』我問。

「你先。」

『嗯……妳今年幾歲？』

「吼，問有意義一點的啦。」

『噢，有意義一點的喔。』我想了想，『把和差化積的公式背出來。』

Apple 捶了我一下，嘟著嘴瞪著我。

「你都不會玩，我先玩給你看，看好喔！」她想了想，

「你現在有沒有喜歡的人？」

『嗯……這個問題我拒絕回答。』

「不可以拒絕啦！」

『喔，好吧。有。』

「換你換你。」

『那……妳現在有沒有喜歡的人？』

「有。換我。」她說，「那你喜歡那個人多久了？」

我想了想：『很久了。』

「說一個確定的時間。」

『好幾年了吧。』我說，『那妳呢？』

「我……超過十年了。」

她手把玩著折紙：「你為什麼喜歡那個人？」

Apple，妳這個問題考倒我了。

我喜歡妳綁馬尾的樣子，喜歡妳認真每一件事的樣子。

我喜歡妳生氣的樣子，喜歡妳開心大笑的樣子。

我喜歡妳所有的樣子，就是不知道該喜歡哪一個。

『感覺吧。』我隨口說了一個模稜兩可的答案。

『那妳呢？』

「也是一種感覺。」

Apple思考了好久，我呆看著她，差點看著出神。

『妳的問題……』

「張文杰，」她深呼吸了一口，「你喜歡的那個人，是我嗎？」

我幾乎快攔不住我奔騰的心臟，感覺它不斷收縮，不斷舒張。好像下一秒鐘，我的心就會從胸膛裡頭跳出來一樣。腦中一片空白。

『是。』我鼓起勇氣。

『是妳。那妳呢？妳喜歡的那個人，是我嗎？』

「不是。」Apple低下頭，不停捏著手裡的折紙。

一九九三年，大水來的這一年。

🍎 **原來不是我。我不是牛郎，或許我只是喜鵲。只是喜鵲。**

大水來了。

我抱著頭不知道往哪裡逃，於是只好盡我所能地，停留在原地，等待大水什麼時候會退去。

Apple說完之後，始終低著頭不發一語，緊捏著手裡的折紙。

我們這樣安靜坐著，也不知道等待些什麼。這個遊戲就這樣告一段落，沒有掌聲，沒有散場後的空虛。

我看看手錶，時間過了十二點，而且過了很久了。

一九九三年的七夕，我最後終於回到縣政府廣場。

跟著Apple，我所喜歡的她。

突然發現從第一眼見到Apple，喊錯她的名字到現在，竟然也過了這麼多年。我把艾唸成了人，只因爲下面都有兩撇。我把波唸成了皮，因爲我不知道加了水的皮，唸做波。

我胡思亂想，想著Apple的名字，想著我自己的名字。

我發現，我名字第二個字，文，下面也有兩撇。

這大概就是我跟Apple的緣分吧。可惜，Apple最後一個字，有水，而我文杰的杰，下面卻是個火。

這是不是注定了，我們兩個不應該在一起？

「張文杰，對不起。」

不知道過了多久，Apple沙啞地說著，我才發現她掉下了眼淚。

『不必對不起啊，這沒什麼的。』我說謊了。

「你知道我喜歡的人，是賴俊龍，對吧！」

『所以，妳要去找他？天亮的時候？』

「可以這麼說，也不可以這麼說。」

『妳說的話，我總是聽不明白。』

「那你為什麼都不問我？」

『不知道，』我聳聳肩，『我習慣先把妳的話聽進去，記住。』

「然後呢？」

『然後，嗯……然後，不要忘記。』

不要忘記。

我說完，Apple哭了，真真正正哭了起來，不只是沒有聲音地掉眼淚。我慌了手腳，像個站在馬路中間的流浪狗。

前進也不是，後退也不能。

眼淚就像催促著我的喇叭聲，我只想摀著耳朵，什麼都聽不見。

『不要哭了，對不起。』

「你，你不要跟我道歉。」

我渾身一震。

這句話，黃珮君也跟我說過。好像有著什麼人扭住我的心臟，我發抖著，卻沒有辦法掙脫。眼淚直下。

Apple在我身邊，我卻什麼話都說不出來。

「你知道，我許了什麼願望嗎？」她哽咽著。

『不知道。』

「我希望，我們永遠都跟現在一樣，不要改變。」

『這是拒絕吧。』我勉強擠出笑容。

Apple拚命搖頭，好像多搖一下，就可以多賺到幾萬塊一樣。

「我真的不希望這樣，真的……」Apple哭著，頭靠在我的肩上。

除了上次她摟著我的腰，這是我跟她最近的距離。

我不過是魚而已。雖然我總是自由自在在海裡游著，但是我怎麼遁逃，永遠都活在水裡。

　　真正自由的，應該是 Apple。

　　水瓶座的 Apple。

　　我突然有種感覺，Apple 的眼淚，把我的自由還給了我。

　　我終於了解我不是她心中的那個人，於是我可以擺脫掉好多東西。從第一次見到她，一直到現在，我不過是把自己從國小，搬移到國中，從國中搬移到現在。

　　最後我永遠都活在她的世界裡。

　　怎麼逃？

　　『沒關係，我知道了。』我說。

　　「你知道嗎？你真的是我見過最好的人。」

　　『我知道了。』

　　「謝謝你，我真的謝謝你。」

　　『不要這樣說。』

　　就這樣一直到天亮，我把自己武裝起來，讓自己顯露出毫不在意的樣子。

　　「情人節快樂。」

　　發動摩托車，準備動身前往火車站之前，Apple 對我說。

　　『謝謝妳，也希望妳有個完美的情人節。』

　　「謝謝。」

　　我們一路安靜往火車站，跟清晨的街道一樣，沒有多餘的吵鬧聲。

　　「不必陪我等了，我坐最早班的車。」

　　在火車站大廳前，Apple 對我說。

『沒關係，來都來了。』

「不要陪我進去了。我說眞的。」

『沒有關係的。』我說。

「那我們玩一個遊戲。」

『又玩遊戲？』

「我們最熟悉的那個，」她舉起手，「猜拳。」

『現在？』

「還記得規則嗎？」

贏的人可以離開。輸的人只能在原地等待。不可以哭。

『記得。』

「剪刀、石頭、布。」

我看見 Apple 伸出拳頭的時候，很自然的，我伸出了兩根手指頭，剪刀。

「我問你。」Apple 看著我，「爲什麼你從來不贏我？」

『有嗎？』我裝傻。

「從國小的時候，我就一直覺得很奇怪，我跟別人玩都會輸，爲什麼跟你都不會。」

『這個……』

「你是不是故意輸我的？」她說，「爲什麼？」

『因爲……』我猶豫著。

『因爲贏的人可以離開，輸的人只能待在原地。』

『我不希望妳待在原地，感覺害怕，所以我寧可看著妳離開。』

Apple 眼眶紅著，始終沒有恢復過。

我說完之後，她的眼淚開始掉下來，一滴接著一滴。

「爲什麼不讓我輸一次？一次就好……」

我搖頭，不知道該怎麼回答，呆杵在原地發愣。

「我要走了，你就待在那裡，不要過來。」她說。

說完，她轉過身去就要離開。

『等一下。』

「怎麼了？」她轉回頭，微笑著。

『這個給妳。』我還是待在原地，只把手用力往前伸。

「這個是什麼？」她走過來，拿了就想打開。

『等等，』我趕緊制止，『上車之後，再打開來看。』

「就這樣？」她問我，我點點頭。

「你沒有其他話要跟我說了嗎？」我還是搖頭。

「那……我走了，張文杰。」

『再見。』

我說完再見，Apple 離開的腳步突然停下來，回過頭看著我。

「不要說再見。」她說。

『那……』

「不要說再見，好嗎？」她哭著，「你還記得蘋果的懲罰嗎？」

我點點頭，沒有說話。

「不要跟我說再見。」她說。

『這是第三個要求嗎？』我問。

她沒說話。

『這還是第二個，對吧。』我故作鎮定，還自以為幽默。

「這是最後一個要求。」她說，「最後一個了。」

說完，她掉頭就離開了。

看著 Apple 離開的背影，我才發現之前那種被人扭住心臟的感覺是什麼。原來，那個叫做『心痛』。

我從來沒有經歷過，現在才知道，原來心痛比牙齒痛還要厲害。
就好像，掉落到深不見底的海裡，掙扎著想要一點點空氣。

可是，卻什麼都沒有。什麼都沒有。

我站在原地，堅守著我跟 Apple 的約定。

輸的人不能哭，只能待在原地，贏的人可以離開，一如我跟她玩
過無數次的遊戲一樣，我待著，沒有哭。

對我來說，Apple 說過太多太多話。

我唯一可以做到的，只有不要忘記。

一九九三年，大水來的這一年，我在火車站大廳前，渾身溼透。

沒有哭。我只是不小心讓風吹痛了眼睛而已。

我沒有哭，只是一夜沒睡，眼淚不聽使喚而已。

我真的沒有哭，沒有破壞我們的約定。只是到如今，這個約定不
知道還有什麼意義。

我沒有哭，真的沒有。

『再見。』我說。

對著遠方不知道在哪裡的 Apple，我還是說了。

雖然她要我別說，但是看著她的背影，看著她沒有『再見』的道
別。

我希望自己可以跳上那班車，可惜我的速度不夠快，我也不敢輕
易地離開這個地方。

而且，火車上的那個位置，恐怕不是我的。

不屬於我的。

我離開了。

經過了這麼多年，我離開了。
只在火車站大廳前的階梯，流下幾滴眼淚。

我沒有哭，
只是有些東西太過清楚，我只好讓自己看得模糊。
我沒有哭，
即使我能看得模糊，那些東西卻還是這樣地清楚。

第 10 章

我們就這樣無聲無息地長大了。
與其說我愛著Apple，不如說，那是因為青春。
我把青春下了一個標記，
上面寫滿了Apple的名。

故事到了這個地步,也是打上句號的時候。這個圓圈不管我從哪個角度看,都像是在水裡的魚,吐的泡泡一樣。

我溼透了,在花蓮市區的飯店裡頭。不知道這是淚水還是汗水,總之我全身溼淋淋,在飯店的書桌上驚醒。

原來已經過了這麼多年。如果不是那個 Apple 在我的網誌上面留言,這場大水也許就不會重演了。

對我來說,反而是充滿感謝的。從那天 Apple 離開我之後,我從來不曾面對同樣的場景,哪怕在記憶裡頭也是一樣。

我知道,要讓一個人絕望,有時候只要花一個夏天就可以了。

一個夏天就夠了。

桌上的筆記本被我胡亂畫得亂七八糟,我想分辨自己到底寫下了些什麼,只看見『Apple』、『大水』、『魚』,以及『再見』。

密密麻麻寫了一大堆,我都不知道自己究竟是不是瘋狂了,還是被催眠了。似乎從我打開電腦,看見那個署名『Apple』的留言之後,我再也不屬於自己。

就像那麼多年以來,我始終不屬於自己,而是屬於 Apple 一樣。

我走出房間,已經日正當中了。我跟櫃檯打了聲招呼,請他們替我叫了車,不知道為什麼,我再一次回到七星潭去。

我跟 Apple 約定過,二〇〇三年的三月十三日,我會跟著她一起回到那裡去。

我當然失約了。

從那天跟 Apple 分開之後,我沒有見過她。

我退掉了補習班的課程,從那天之後,我不再踏進補習班一次。

我切斷了自己跟她的所有聯繫，就怕一不小心，會讓自己淹沒在這場大水之中。

我明白，這場大水來了，就沒有退去的一天。

史亞明沒有對我說什麼，我在他面前始終裝作毫不在乎。

『對不起啊，沒機會讓你泡我的馬子。』我跟他說。

「什麼意思啊你，我懷疑你是故意的。」

『不然這樣好了，我把你的馬子泡過來，你再泡回去怎麼樣？』

「什麼啊，馬子有這樣讓人泡了又泡，泡了又泡的嗎？」

他捶在我背上的那一拳，有夠大力的。

我們笑著，很開心地笑著，笑到我都流眼淚了。

我最後一次騎史亞明的摩托車，到補習班的附近。那一天不知道怎麼搞的，很想回到那個騎樓邊上抽個菸，哪怕只是一根也好。

我蹲在騎樓邊上，刷著打火機點起了菸。

「你在這裡幹嘛？」

我抬起頭，是那個叫做李振亞的男生。

『抽菸啊。』

「好久沒看到你，沒補了？」

『對呀，我朋友跟我說，補習傷身。』

「你不補的話，有人要傷心囉。」

『誰？』

「難道會是我嗎？」

他也點起了菸，對我笑了笑。

「你知不知道陳艾波經常到這個地方找你？」

『不知道。』我「嘶」地一聲，吐出了煙。

「你們怎麼了？」

『沒有啊。』我笑著。

「真搞不懂。」

我抽完了菸，準備離開騎樓的時候，拍了拍李振亞的肩膀。

『加油，兄弟。』

「你也是。」

　　那是我最後一次到補習班的騎樓，也是最後一次騎史亞明的摩托車。嚴格來說，也是最後一次遇見那個叫做李振亞的男生。

　　太多的最後一次讓我不知道該悼念哪一個，只好通通放在那裡，等到哪天時間多的時候，慢慢地一個、一個告別。

　　可惜他們不見得會待在原地等我。

　　史亞明的摩托車，在他考大學那年的暑假，不知道被誰給偷了。

　　那一天我陪著他，大街小巷到處找著，直到我們筋疲力盡。

　　摩托車用這種方式跟我們告別，就好像告別了我們的青春一樣。

　　我考上了台北的大學，隔了一年，史亞明也順利考上了大學。

　　我不停拷問史亞明，什麼時候才要跟那個可愛的女朋友分手。

「我在計畫中了啦，總有一天。」

『記得跟我說。』

「要幹嘛？」

『幫你慶祝啊。』

　　一直到我們都上了大學，他還是跟那個女孩交往。如果沒有變化的話，到現在也超過十年了。不知道什麼時候開始，我竟然也可以用十年來當作歲月的計量詞。

　　不知不覺當中，人才是老得最快的。

　　我考上了台北的學校之後，才發現原來一直以為很遠的台北，不過就是幾個小時，甚至幾十分鐘的車程而已。

　　那年大水來的時候，我是那麼討厭台北這個名詞，沒想到這個時候，我卻生活在這個地方好多年。

　　大學生活理論上可以算是多姿多彩的，自由的學風，沒有什麼人逼迫，一切都必須依靠自己。從前的那一套再也無法適用，除了讀書之外，還必須學會很多不一樣的東西。怎麼跟人相處，怎麼跟人溝通，怎麼把自己的想法以及意見表達出來。

　　慢慢地，我不再像從前那般怯懦，我學會了把心裡的話說出口，學會了跟人臉紅脖子粗地辯駁。

　　在這之前，我只能跟史亞明打打嘴炮而已。

　　我們就這樣無聲無息地長大了，有時候甚至必須摸著下巴的鬍渣，才會發現歲月在我臉上是怎麼樣地肆無忌憚。

　　大學的時候，我參加了服務性的社團。社團裡有個很親切，很有本事的學長，每次在開會遇到問題，不管是經費問題，或者是行程問題，都可以處理得相當妥當。

　　升上大二之後，那個學長當上了社長，而我也當上了幹部。

　　「學弟，我怎麼看你都沒有跟女生來往？」

　　『有啊學長，我們系上的女生還不少，我都會跟她們說話。』

　　「我的意思不是這個，你的條件也不錯，怎麼不交個女朋友。」

　　『可能……緣分還沒有到吧。』

　　從那天之後，學長就開始無所不用其極地替我介紹女朋友。

　　包括學長女朋友的學妹，或者是社團裡有氣質的同學，甚至對面泰國料理店的工讀生。

『謝謝學長，不必麻煩了，一切順其自然就好。』

「好吧，那我也就不勉強你了。」

然後，連學長鄰居家的小妹妹，都被他介紹給我。

這就是他所謂的不勉強我。

我還是談戀愛了，對象是社團裡的一個學妹。

她有著俏麗的短髮，兩個眨巴眨巴的大眼睛。身高並不算太高，喜歡穿著蓬蓬裙來上課。

從某個角度看過去，學妹有黃珮君的味道。但是我從來沒跟學妹提起這個人，從來沒有。

我不知道這樣算不算隱瞞，對我來說，這是藏在心裡的一個印記，我自己不想揭開它，也不想被人看見。

我跟學妹的交往過程，就像其他大學生一樣。偶爾一起吃飯看電影，晚上我會陪著她走回宿舍，然後在宿舍門口離情依依。

甚至，我的初吻也是給了學妹，她告訴我，那也是她的初吻。

當然我不太相信就是了。

我實在很難想像，初吻就會伸出舌頭的人，到底是什麼樣的背景。不過一切僅止於我的想像而已。

史亞明嘲笑我，這麼大的年紀，才把初吻獻出去。

我一點也不感到害羞，對我來說，初吻這種東西，說不定一點也不重要。說不定而已。

最後我還是跟學妹分手了，非常和平理性的分手。分手之後，我們還會在社團辦公室見面，兩人也不會有什麼尷尬。

我感到比較奇怪的，是為什麼我一點也不感到難過，反而有種鬆了一口氣的感覺。

「你眞是爛人。」史亞明對我說。

假日回到家，我總會打電話給史亞明。如果他剛好也在，我們就會約出來，就像從前一樣，到處跑到處晃。

只是那台陪著我們上山下海的摩托車，已經不見了。取而代之的是一台黑的發亮的四輪轎車。

『你才是爛人。』我說。

「好吧，我是爛人，你是畜生。」

我沒理他。

我很好奇，爲什麼史亞明總是比其他同年紀的人誇張一點。

大家還在騎腳踏車的時候，他騎著摩托車到處跑。大學生騎車通勤，他卻開起四輪轎車。

「你懂什麼，人生就是要不斷地超前，等到超過終點之後，再回過頭就好了。」

我還是聽不懂。

從小學到現在，很多他說的話，我都沒辦法理解。

不過，如果我理解了，那就不算是史亞明說的話了。

我跟著他回到了山頂國小後校門的土地公廟，兩個人坐在原本的位置上，點起了菸。

那年我們年紀還小，抽菸偷偷摸摸，到了現在，我們都有法律規定的合法『菸牌』了。

也是在這個地方，我們看見了賴俊龍，抽著菸。

那時候覺得他很帥氣，現在才知道，那只是一種裝大人的愚蠢。

「賣冰棒的老阿伯，不知道現在還好嗎。」

『好懷念他的冰棒。』我說，『好久了。』

「是啊。」

是啊，好久了。

這麼多年之後，賣冰棒的阿伯不知道去了哪裡，是不是已經退休了，在家裡含飴弄孫。

那年被我傷透了的黃珮君，也不知道在哪裡，是不是還像以前一樣，那麼可愛，那麼體貼。而 Apple，不知道過得好不好，是不是真的跟賴俊龍交往了。

我總會想著，我拿給 Apple 最後的那張信。那是我約她七夕情人節，跟我一起到縣政府廣場的信。

她會不會看到了信，才發現我一直待在原地等她，直到確定她不會來了，我才離開呢？

她會不會偶爾也想起我，然後手指著不知道哪個方向，希望我在那裡出現呢？

我想得頭都痛了，拉起了史亞明。

『走，我請你吃冰。』

「這麼好，那我要買十支。」

『一百支都買。』我說。

沒有 Apple 的時間，太陽還是每天早上都會出現。

只是之後，我再也沒有離開過水面，如此而已。

史亞明問我，為什麼總是這樣笑嘻嘻，卻把那段時間擺在心上，任憑它絮絮聒聒，卻又不肯離開。

『你懂什麼！』我說。

懂嗎？

與其說我愛著 Apple，不如說，那是因為青春。

我把青春下了一個標記，上面寫滿了 Apple 的名。

🍎 **如果妳的手真的指著一個方向，那會是哪裡呢？**

　　妳會希望，我出現嗎？

　　我從來沒有想過，一個這麼久不曾回來的地方，卻在幾個小時之內，第二次踏上。

　　我漫步走往海邊，遠遠的，好像從這個地方就可以聞到海的味道，白天過來，不同於晚上，我可以特別看清楚這片海，不僅止於聽著海浪悲鳴的聲音。

　　我走到了下垛的地方，坐在熟悉的階梯上。那一年，我就是跟 Apple 在這個地方，兩個人。這一次，我依舊帶著那隻小獅子，差別在於我只有一個人。

　　海灘上還有著大大小小的石子，我走近海的方向，隨手撿了幾顆。

　　這一次我不怕了，我知道石子可以撿，不會被抓去關。一屁股坐上沙灘，石子扎得我屁股癢癢的。

　　小獅子的鬃毛，經過了這麼多年，從黃褐色成了幾乎白色。我捏著他，食指以及拇指這樣跟他靠近。

　　這麼多年來，每當我猶豫、難過，都是這小獅子陪著我。

　　沒有離開，也不想離開。

　　這一天的天空陰陰的，像極了當年跟 Apple 一起走過這段歲月。

　　那年的夏天我距離 Apple 是那麼樣地近，現在回想起來，又是那麼樣地遠。

　　小獅子，如果可以的話，告訴我，可不可以告訴我，這麼多年來，那段時光究竟帶給我什麼？

我站起身，拿著小獅子。退後幾步，接著在沙灘上狂奔。

到了最接近海的地方，我將手中的小獅子，往海裡扔去。

不會回頭地，沒有一點猶豫。

『再見。』我說。

再見了，那段在深夜等待的歲月。

再見了，永遠不會回來的時光。

我頹然坐倒在沙灘上，小獅子被我扔得遠遠地，即使我忍不住想偷瞄，也看不見在海中浮浮沉沉的他。

究竟是我把小獅子扔出去，或者是我被小獅子扔出去？我狂吼著，隨手抓起了一把沙子，往前面一拋。

海風對著我吹，沙子也立刻回頭，照著我撲頭蓋臉飛回來。

『幹，要不要這麼倒楣。』我喃喃自語。

我拍一拍臉上的沙，像個蚌殼一樣，嘴裡不停吐著沙。

也許因為我過分氣急敗壞，我拿了個石頭，就想繼續往前面，海的方向扔去。

不要鬧了，海風應該不會大到可以把石頭吹回來吧。

我抄起了一顆又一顆的石頭，一次又一次地往海扔去。

直到我氣喘噓噓。

經過了這麼多年，我還是像國小的時候一樣，喜歡扔石頭。

不知道 Apple 會不會偶爾也想起那一年，我們在操場旁的工地，扔著石頭開心叫鬧的時光？

我拿了兩顆石頭，在手裡把玩。

一顆往上丟完，緊接著把另外一顆往上丟，就像馬戲團裡表演雜耍的小丑一樣。我的確很有當小丑的天份。

一個不小心，手裡的石頭掉了一顆，我呆了半晌，還是將它撿起來。上面有著模糊的字跡。

我瞇著眼，把石頭靠近我的眼睛。

你是魚。你是陪伴的魚。

Apple 2003.03.13

海風好像在我耳朵邊吹起了小喇叭。

我像個蚌殼不斷吐著沙，把我放在耳朵邊，可以聽見海風的聲音。

我拿起另外一顆石頭，上面沒有寫字。我幾乎跳了起來，跪在地上，不停翻找沙灘上其他可以看見的石頭。

我在等你。隨著那年我們一起撿的石頭。

Apple 2003.03.13

對不起。原來你是這麼用心愛著我。

Apple 2003.03.13

你送我的紅帽子。裡面原來寫滿了字。

Apple 2003.0313

我又撿起了其中三顆有寫字的石頭。

看著第三顆石頭，我覺得眼眶有些模糊。那年的禮物，我幾乎都要忘記了，即使我記性如此地好。

我在紅帽子的內裡，貼滿了小紙條。

每一張都寫滿了，『Apple，我喜歡妳』。

每一張。

原本我想，她大概一輩子也不會發現了。

不知道我剛剛往海裡扔擲的石頭裡，有沒有也寫上了這些字的？如果有，上面又寫了些什麼？

　　「我們現在十六歲。十年後，我們約在七星潭。就你生日那一天吧。」

　　我還記得 Apple 是這樣跟我說的。

　　我在海邊不停尋找，不知道自己究竟找的是石頭，還是那一段過去的自己。我只知道，每撿到一顆，我的心臟就像被海嘯攻擊了一次。

　　你在哪裡。告訴我你那裡是不是也有海，你還是不是魚。

Apple 2003.03.13

　　對不起，我失約了。

　　從大水來的那一天起，我真的成了魚，可惜，我這裡沒有海。

　　我不是海裡的魚，對我來說。

　　我只是月光下的魚，不是真實存在，卻只能這樣子呼吸。

　　原來喜歡上你，是最容易的事。我卻一直沒搞明白。

　　不是說好了你會留在原地等我？

Apple 2003.03.13

　　天黑之前，我撿起了我所能看到最後一塊石頭。

　　我不知道 Apple 是怎麼將這些石頭大老遠搬過來這裡，那個時候的她，又是什麼樣的心情。

　　過了這麼多年，我才回到這個海邊。

　　過了這麼多年，我才知道我錯過了好多事情，也得到了很多。

　　我不知道該怎麼形容。

　　遺憾嗎？不會。即使回到那個時候，我確實遵守約定來到這裡，結局應該也不會改變。

應該說，結局在我見到Apple第一眼，看著小學一年級的她，馬尾搖啊搖的時候，就已經寫好了。

沒有人可以改變，多想只是無益。

二〇〇三年三月十三日，我二十六歲生日。

我剛從軍中退伍，頂著一個大光頭站在火車站大廳前。就是當年我看著Apple離開的地方。我買了一張來回車票，終點在花蓮，也可以說起點在花蓮。也許因爲當兵站哨的訓練有素，我站在那裡，一直到太陽都下山了。終於我沒有回到那裡去。

生活不停催促著我要往前，於是我下定決心再也不往後看。

每當這些記憶悄悄打開了我的門，我會衝上前去，迅速地『砰』一聲將門關上。

我以爲，脫離了那段歲月的我，不再像從前那樣怯懦。後來我才發現，有些東西永遠都不會改變。而且，永遠也不能改變。

我坐在七星潭的沙灘上，遠方路燈已經亮起。我再也看不見眼前的海，只能仔細聆聽著。

「你知道嗎，海會吸引人的原因，除了那一片藍，還有藍色的歌聲。」

Apple是這樣對我說的。

妳知道嗎？Apple。

我跟妳一樣，在這個地方聽海。

二〇〇三年的妳，是用怎麼樣的心情聽著海呢？會不會像我現在一樣，聽著海的聲音。

我抱著膝蓋痛哭，在七星潭的沙灘上。

我知道，大水又來了。大水第二次來，我在七星潭邊。

我抱著 Apple 在這裡遺留下的石頭，一顆接著一顆。

眼淚也是。

 對不起，Apple，我說我會在原地等妳的。

我到飯店的櫃檯退房。

從七星潭回來之後，我匆匆收拾了行李，用最快的速度離開這個地方。

幾乎用跑的，我離開七星潭。

七星潭的歌聲太過於悲傷，我像個蚌殼不斷吐著沙。

當我想把手像魚一樣在月光下擺動的時候，這一天卻沒有月光。

於是我抬起頭，看著沒有月亮的夜空。

「玩得開心嗎？」櫃檯的服務小姐親切地問候著。

『嗯，很開心。』我掏出幾張鈔票，遞給她。

「有買麻糬回去吃嗎？」

『沒有，很遺憾。』

「很有名的喔，真應該嚐嚐看的。」

『謝謝妳，有機會我會試試。』

「你的眼睛不舒服嗎？」她問我。

『沒有。怎麼了？』我揉揉眼睛。

「很紅，應該是沒睡飽吧。」

我點點頭，還給她一個笑容。

應該是沒睡飽吧。

我希望我的記憶裡，是這樣相信著。

我剛剛沒有哭，沒有在七星潭哭。

她把發票拿給我，除此之外，還附送我一個親切的微笑。

我拿起了大張的發票，在手裡把玩著，然後，拿起來對折。

『妳知道，紙沒有辦法對折七次嗎？』我把紙揚了揚，對著她說。

「真的嗎？」

『嗯。』我點點頭。

『聽說如果成功對折七次，在七夕那天許願，都會實現。』

「喔？你有試過嗎？」

『有，很小的時候。』

「那⋯⋯願望實現了？」

當然。我對著櫃檯小姐說。

我得到了一個一輩子都不會忘記的情人節。然而一直到今天，我才知道那個情人節對我的意義。

『謝謝妳，再見。』我說。

「謝謝光臨，歡迎您下次的蒞臨。」

我招了一台Taxi，司機很帥氣地在飯店前面緊急煞車。

『花蓮的Taxi都這麼帥氣嗎？』我一上車先問了司機。

「平生不見花蓮司機，便稱帥氣也枉然。」

司機轉過頭，對我說完，就開始哈哈大笑。

我也笑了。

到了火車站，我買了晚班回程的車票。

在月台上等待了一會兒，火車緩慢地停靠下來。

我走上車，車上的乘客不算多。

這一次，我的座位上沒有人。

我卻開始想念起來這裡的路上，那個讓人鼻酸的老婆婆。不知道她的兒子，會不會吃著老婆婆親手包的肉粽，也覺得感動？

一聲巨響之後，火車開始移動。

我把頭靠在窗上，跟隨著火車移動的頻率，不斷敲擊著窗戶。夜晚的路上，除了燈光閃爍，看不見什麼人。

　　這一趟漫長的旅程，我不知道自己究竟得到了什麼。也許從我看見那個署名 Apple 的留言之後，我就被自己拋棄了。

　　被現在的自己拋棄了。

　　我慢慢把自己剝開，一層接著一層。

　　經過這麼多年以來，不斷加諸在我身上的面具，不斷加諸在我身上的灰塵。我一層、一層的剝開它。回到海邊看見了那些石頭，我才知道，我終於剝下了最後一層。

　　我回到了大水第一次來的時候，那一年的我，跟現在沒什麼兩樣。一樣地怯懦，一樣不知所措。

　　那就是我，可以把自己當成魚，自由自在地在海裡游著的我。忽略自己是魚這件事，讓我傷痕累累。

　　一直到這個時候我才明白。

　　我是魚。

　　Apple 是水，我們本來就離不開。

　　我打開了背包，拿出在海邊撿拾到的那些寫了字的石子。

　　一顆接著一顆讀著。

　　上頭的字跡，不需要我多想，一眼就可以認出，那是 Apple 的字。那樣地娟秀，那樣地有靈性。

　　你是魚。你是陪伴的魚。

Apple 2003.03.13

　　是啊 Apple，我是魚，我是陪伴的魚。終其一生我躲在水裡，離

妳這麼樣地靠近。

　　前面四排座位的地方，有一個女孩子不停回頭朝我的方向望。我回過頭，看看是不是後面發生了什麼事。但是卻什麼也沒有。

　　我閉上眼睛，把玩著那些石頭。

　　Apple會不會也在火車上，跟我一樣把玩這些石頭，然後將它們帶到七星潭去，一如當年我們將它們帶回家一樣？

　　它們跟著Apple回去，然後又跟著我離開。這樣來來往往，被搬移到一個地方，又一個地方。

　　這些年來，它們在海邊，過著什麼樣的生活？還是，留在Apple身邊的時候，比較快樂？

　　「你是……」

　　我睜開眼睛，那個不停回頭的女孩站在座位旁的走道。

　　『我？』

　　「你是掉了皮夾的那位先生？」

　　『我是，妳是撿到我皮夾的那位小姐？』

　　「真巧。」她笑著，「你要回家了？」

　　『可以這麼說。』

　　「到花蓮玩嗎？」

　　我笑了笑，點點頭。

　　那個女孩指著我身旁的座位，睜著大眼睛好像在詢問我一樣。我點點頭，伸出手示意她坐下。

　　「我真的覺得你很面熟。我們是不是在哪裡見過？」

　　『有嗎？』我想了想，『應該沒有吧。我不是花蓮人。』

　　「我也不是。」她笑著，「別擔心，我不是在跟你搭訕。」

　　『我沒想這麼多，不過如果妳跟我搭訕，我想我會接受。』

「呵呵，你真會說話。」
經過這麼多年，我才學會說話，而不是像魚一樣，只會吐著泡泡。

『妳回台北嗎？』我問。
「不，我回桃園。」
『妳也是桃園人？』我驚訝著，『這麼巧。』
「對呀，難怪我會覺得你很眼熟。」
『或許吧。』
她對我笑了笑，站起身來，點點頭。
「我回去坐了，很高興在這裡認識你。」
『彼此、彼此。』
她往前走了兩三步，停下了腳步，摸著下巴。
「你……你是不是……張文杰？」
『妳怎麼知道？』我睜大眼睛。
「原來是你，我就說你很眼熟嘛。」
『妳是……？』
「我是你國中同學，隔壁班的。記得嗎？」
『國中同學？……不記得。』我說。
「常常跟珮君在一起的那一個！」
『噢！妳是那個綁著兩條辮子的女生！』我大呼。

　　她笑著點點頭，我才從她的臉上發現了一點點當年的痕跡。經過了好久好久，我幾乎都要忘了這個人。
　　看來我的記性沒有自己認為得那麼好。
「你現在做些什麼呢？」她問我。
『我？平凡的上班族，每天都一樣。』
「大家都是這樣，不是嗎？」

『應該吧。』

「你……」她猶豫了一下,「你不好奇,珮君現在的狀況嗎?」

我可以好奇嗎?

我還記得那年最後一次見到黃珮君,她蹲在走廊角落哭泣的樣子。

這個畫面重新在我的腦海上演的時候,我才發現,原來我一直習慣把一些不想碰觸的東西擱在角落裡頭。

黃珮君如此,Apple 也是如此。

或許因為這樣,我總是沒辦法好好處理自己的情緒。然後任憑它們愈來愈糾結,愈來愈混亂。

「她去國外念書了,你知道嗎?」

我點點頭,說不出話。

「她已經回來了,現在也在桃園。」

『嗯。』我勉強擠出一點聲音。

「她……那個時候很喜歡你。」

『我知道。』

「可是你不喜歡她,對吧!」

我苦笑著。

女孩繼續跟我說著過去的事,我很認真的聽著。她告訴我,每天他們如何提早到學校,替我整理抽屜。

「老實說,你的抽屜還真的挺亂的。」她說。

『真不好意思。』我抓抓頭。

「沒什麼,其實男生都一樣的。」

『或許吧。』

「我想起來了,我曾經問過你數學題目。還記得嗎?」

『數學題目⋯⋯是不是求得圓心的方式？』

「真厲害。」她拍著手，「你記性真好。」

『妳也是。』

「我告訴珮君你的答案的時候，她很開心。」

『開心？』

「我也不知道，她就是很開心。好像生活中只要跟你有任何一點連結，她就會開心的抓著我不停說著。每次都一直說、一直說。整天都在我耳邊說，張文杰跑步的樣子好帥，在走廊發呆的樣子好帥⋯⋯一大堆。」

我不好意思了起來，只能對著她傻笑。

「你好幸福喔，有人這麼喜歡你。」

『嗯，的確。』

「你有這樣喜歡過人嗎？」

『當然有。』我說。

我曾經那樣倉皇失措地愛著一個女孩。好用力，好用力。

也許用力過猛了，或者力道太輕了。

我低下頭，繼續把玩手裡的石頭。

女孩沒有多說什麼，靜靜地坐在我身旁的座位上。

火車停住了，不知道在哪一個站休息。

我的腦子也停住了。

時間回到那天的清晨，Apple 跟我猜拳。

我的眼淚滴在石頭上。迅速暈開了一道痕跡。

女子不來，水至不去。

我，抱著梁柱而死。

回到家之後，我簡單梳洗了一番。

我想把海的味道洗去，衣服上的沙也盡量拍個乾淨之後，才丟進洗衣機裡。

Apple留在七星潭的石頭，被我放在書桌前的架子上。一顆接著一顆，就像小學生排著路隊，等待放學。

我彎下身子，從床底下找出了手提電腦，放回書桌上。接好了線，我打開Power，連線上網。

我很習慣性地打開了我的Blog網頁，瀏覽了一下，什麼也沒有。瀏覽人次停住一。

除了我之外，沒有人閱覽的Blog，究竟還有誰也在看著？

我不知道。我什麼不知道。

我跟火車上的女孩子告別之後，向她道謝。

「謝我什麼呢？」她問。

『謝謝妳讓我知道，曾經有個人這麼樣愛著我。』

「你早就應該知道的。」

『現在知道了，也還不晚。』

「你會跟珮君聯絡嗎？」

我想了想：『不會。』

「為什麼？」

因為我想繼續把黃珮君放在心上，所以不想破壞這一切。

另外一方面，我想拋棄掉一些東西。而我很清楚，在這個時候。不想放在心上的人，往往要用一輩子來忘記。

對我來說，Apple就是如此。

我打開電腦，按下了『發表文章』的標誌。我對著電腦螢幕發呆

了半晌，遲遲沒有打出任何一個字。

　　我抬頭看著架子上的石頭，眼眶又熱了起來。

　　『月光下的魚』。

　　我打了這五個字。

　　我拿出在花蓮飯店裡，寫滿了亂七八糟的字的筆記本，擺在電腦旁邊。

　　『愛』。

　　我打出了第一個字，大概也是最後一個字。

　　可惜，只有一個字，不代表月光下的魚。

　　我食指放在Back Space按鍵上，猶豫了好一會兒。

尾生與女子期於梁下，女子不來，

水至不去，抱梁柱而死。

《莊子・盜跖篇》

　　我已經死去了。

　　這個時候，我該想辦法讓自己重生。

　　我開始把這一段過去寫在網誌上，一天一點，一天一點。偶爾上班比較累，或者加班的時候，我還是會迫不及待衝回家，打開電腦。

　　不管有多累，我都會在電腦前面，輕聲回憶這一段日子。

　　輕輕的，安安靜靜的。

　　有時候寫著寫著，我總會被史亞明小時候的舉動笑得噴飯。也因為這樣寫著，我回憶起很多破碎的片段。

　　因為這樣的動作，我想起了很多很多被遺漏了的東西。太重要了，這些東西。

尤其是 Apple 對我說過的話。

我說過，很多時候她說的話，我都不太了解。我選擇不要忘記。

所有的部分，通通不要忘記。

慢慢地我發現，有人開始看我的 Blog。

有些人還會在文章的下面給我鼓勵，給我一點回應。可是我從來沒有針對他們的回應，有任何表示。

我只是安靜地寫著，記錄著。

有一天，我在不知道哪一篇的文章下面，發現了一個很有趣的留言。

那篇文章我有看過了，剛剛又去看。真的有 Apple 的留言。

我笑了，笑得很開心。

真的有 Apple 的留言，是因為 Apple 那樣真實的存在著。

我摸著下巴的鬍子，對著螢幕傻笑著。

好像因為這樣的留言，Apple 的存在又更確實，更確定了。

書桌架子上的石頭還在那裡，跟我對看時候的表情相當有意思。

我總覺得 Apple 換了個時空，以這些石頭跟我對話。好像這樣子可以彌補很多，在我跟她生命當中缺漏的部分。

愛。

我是愛妳的，Apple。

從以前到現在。

故事即將完結的某一天下午，我因為嚴重發燒重感冒，不得不跟公司請假。

看完了醫生回到家，只覺得全身麻痺沒力氣，腰酸背痛得厲害。

我一下子就癱在床上，拉起了棉被，頭暈目眩。

吃過醫生開的藥之後，我覺得渾身無力，好像輕輕一跳，就像吃了大還丹一樣，可以飛到外太空去。

可惜我沒有力氣，飄啊飄地，我掙扎走到書桌前坐了下來。

我無奈地對著自己苦笑。

到了這樣的時候，我還是這麼堅持打開電腦。

或許我該慶幸，我做了這個動作。在已經發表的最新連載上面，有一個熟悉的代號。

Apple。

眼淚。

我告訴過自己，不要看，不要看，可是每當我打開電腦，

總忍不住連上這裡，想看看在你的眼中，

世界究竟是什麼模樣。

我很傻，對嗎？

我哭了。我在你的眼中，不應該這麼好的。

為什麼你總是要對我這麼好，即使這麼多年之後，

你還是這樣。

我無意間在這裡發現了你，總習慣在這裡探詢你的消息。

我曾經回應過你，才發現原來你並不知道，那個人就是我，

或者，你早就已經知道。

已經這麼多年了。

那一年你給我那封信，我在月台上的椅子，掉下了眼淚。

原來你是這麼用心地愛著我，

而我卻一點都不珍惜，只想維護自己的想法。

我知道我真的很笨。

我看到了,你還記得我們的約定。

我很開心。

你知道嗎?

那一年,我一個人在七星潭的海,等待著你。

我想親口跟你說,當初你送我到火車站之後,我沒有上車,

我在月台上哭了好久、好久。我決定離開那裡,回去。

可是當我回到車站大廳,你已經不在那裡了。

我才發現,原來你不會一直在原地等我。

而有些事情,錯過了以後,就沒有機會重新再來。

我只想跟你說。

愛你是一件這麼這麼容易的事,我卻遲遲沒有發現。

謝謝你,這樣對待我。

那一年的七星潭,你知道嗎?海的歌聲還是很好聽。

我多希望你會跟我一起回去。

那一天是你的生日,我想對你說,生日快樂。

我之所以可以在天空上飛,就像我送給你的那個耳環。

因為地面上,還有你這條線。

線斷了。於是你也不會回來了。

我愛你。

如果那一年,我早一點長大,而你永遠都不要長大。

那有多好。

Apple

我在電腦螢幕前，聽著七星潭的歌聲。

我可以感覺到 Apple 離我好近，可是不管如何靠近，都不是當年的距離。

石頭還在書桌的架子上面，我的心留在那個海邊。

我是魚。我自由地在海裡游著。

當我以為我自由，其實我還是活在海的生命裡。

永遠碰不到陸地。

我關上電腦，躺回床上。

鼻水塞住我的呼吸，我就像即將溺斃的魚。我睜開眼，用力把頭抬起來，看著陽台外面的世界。

這一天，月亮好大。我舉著僵硬的雙手，合十在月光下。

我也愛妳，Apple。

妳知道嗎？海的另外一邊，終究還是海。因為我始終沒辦法離開。如果哪一天我離開了，我會想辦法告訴妳，海的那一頭，是不是真的如妳所說的，有著漂亮的彩虹。

尾生與女子期於梁下，女子來了。大水走了。

月光下，我靜靜等待著。

沒有任何尋找，沒有任何動作。

我是月光下的魚。

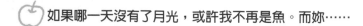 如果哪一天沒有了月光，或許我不再是魚。而妳⋯⋯

【後記】

故事發表完之後，很多人都問我。

『你最後有去找 Apple 嗎？』

『後來呢？Apple 跟你成為男女朋友了？』

一如往常，我沒有回答他們。

我還是靜靜地寫著，看著，回憶著。

很可惜的，我並沒有跟 Apple 聯絡。

我還在等待著，哪一天我會離開水面，

那個時候如果有緣，希望我可以遇到她。

我一定會抓著她，告訴她。

Apple，只要你希望海的那一邊有彩虹，就會有彩虹。

其實故事不是這樣結束的。

因為早就一九九三年的時候，就該停止。

只是我自己太過愚蠢，才讓它持續到這個時候。

不僅對自己殘忍，也對 Apple 殘忍。

人生充滿了太多的如果。

如果一九九三年，我繼續留在原地等待，Apple 轉過身找尋我的時候，會不會給我一個熱情的擁抱。

　　如果二○○三年，我依照約定回到七星潭的海邊。Apple 在那裡等待的時候，會不會看著我，然後像從前一樣手牽著手，在那裡開心著。

　　也許就像 Apple 說的，我不會一直待在原地等她。

　　即使我自己知道，為了她，我已經等待了太久、太久了。

　　黃珮君也一樣。

　　她也等了我太久、太久了。

　　對我來說，這只是一種回頭看的感覺。

　　拚命回過頭去，也許可以看到一些過去。

　　但是，永遠無法改變它。

　　人生就是這樣。

　　這一段看起來像是廢話連篇的東西，我獻給一些人。

　　那些還沒發現自己是魚，還在水裡尋找屬於自己的呼吸的朋友。

　　我願你們，都可以找到自己的海。

　　那些還沒發現，自己的心裡有著一尾不會離開的魚，

　　還在期待著海的另外一邊或許有彩虹的朋友，我獻給你們。

　　我願你們，都可以看見那條魚。

　　即使最後你的終點還是在彩虹身上。

　　至少，我們都經歷過，我們都親自走過。

　　可以有一點遺憾，但是千萬不要後悔。

　　獻給你們。

　　希望你們都不是月光下的魚。

2006 年夏天

國家圖書館出版品預行編目資料

月光下的魚／敷米漿著. -- 二版. -- 臺北市：
麥田, 城邦文化出版：家庭傳媒城邦分公司
發行, 2009.04
　　面；　　公分. --（電小說；11）
ISBN 978-986-173-489-7（平裝）

857.7
98002558

電小說 011

月光下的魚

作　　　者／敷米漿
選 書 人／陳蕙慧、林秀梅
責 任 編 輯／余思、林怡君

副 總 編 輯／林秀梅
總 經 理／陳蕙慧
發 行 人／凃玉雲
出　　　版／麥田出版

　　　城邦文化事業股份有限公司
　　　台北市 100 台北市中正區信義路二段 213 號 11 樓
　　　　電話：(02)23560933　傳眞：(02)23516320；23519179
　　　　部落格：http://blog.pixnet.net/ryefield
發　　　行／英屬蓋曼群島商家庭傳媒股份有限公司城邦分公司
　　　台北市民生東路二段 141 號 2 樓
　　　　書虫客服務專線：02-25007718　02-25007719
　　　　24 小時傳眞服務：02-25001990　02-25001991
　　　　服務時間：週一至週五 09:30-12:00 ‧13:30-17:00
　　　　郵撥帳號：19863813　戶名：書虫股份有限公司
　　　　讀者服務信箱 E-mail：service@readingclub.com.tw
　　　　歡迎光臨城邦讀書花園　網址：www.cite.com.tw
　　　香港發行所／城邦（香港）出版集團有限公司
　　　香港灣仔駱克道 193 號東超商業中心 1 樓
　　　　電話：(852) 25086231　　傳眞：(852) 25789337
　　　　E-mail：hkcite@biznetvigator.com
　　　馬新發行所／城邦（馬新）出版集團【Cite(M)Sdn. Bhd.(458372U)】
　　　11, Jalan 30D/146, Desa Tasik,
　　　Sungai Besi, 57000 Kuala Lumpur, Malaysia.
　　　　電話：(603) 90563833　　傳眞：(603) 90562833

美 術 設 計／江孟達工作室
攝　　　影／呂瑋城
印　　　刷／鴻友印前數位整合股份有限公司

■2009年（民98）4月7日　二版一刷
Printed in Taiwan.

定價／240元
著作權所有‧翻印必究
ISBN 978-986-173-489-7

城邦讀書花園
www.cite.com.tw
書店網址：www.cite.com.tw